KEITAI
SHOUSETSU
BUNKO
野いちご SINCE 2009

どんなに涙があふれても、この恋を忘れられなくて

cheeery

● STARTS
スターツ出版株式会社

カバーイラスト/よしのずな

童話の中のプリンセスは、
いつも王子様が自分だけを守ってくれて、
幸せな恋をする。

だけど、私の彼には、
私以上に大切な人がいました。

　何度も来るって信じた待ち合わせも、約束したデートも
できなかったけど……それでもあなたが大好きでした。

contents.

*プロローグ　　　　　　　　　6

◆第1章　憧れのプリンセス
*委員会決め　　　　　　　　8
*はじめての委員会　　　　　15
*はじめまして　　　　　　　22
*買い物がかり　　　　　　　29
*彼と買い物　　　　　　　　37
*気になる存在？　　　　　　44
*交流キャンプの準備　　　　52
*交流キャンプ　　　　　　　62

◆第2章　はじめてのプリンセス
*照れること　　　　　　　　70
*王子様　　　　　　　　　　78
*ニセモノ　　　　　　　　　88
*告白　　　　　　　　　　100
*お付き合い　　　　　　　106
*少しの本音　　　　　　　117
*約束はきっと　　　　　　125
*なくしもの　　　　　　　135
*嫌な予感　　　　　　　　144

◆第3章　悲しみのプリンセス
*大丈夫　　　　　　　　　　156
*大切なストラップ　　　　　165
*失いたくない　　　　　　　174
*どうして教えてくれないの？　181
*キミを支えたい　　　　　　187
*絶対に来るよ　　　　　　　196
*私の選ぶ道　　　　　　　　206
*私、ズルいんだ　　　　　　212
*もう俺にはなにもできない　218

◆第4章　泣き顔のプリンセス
*恋はズルく作られる　　　　230
*俺の恋愛観　　　　　　　　240
*逃げてしまおう　　　　　　246
*なにかが変わる文化祭　　　256
*それは物語のように　　　　268
*新たな一歩　　　　　　　　273
*男っていうのは　　　　　　277
*中途半端な気持ちは捨てて　282
*エピローグ　　　　　　　　290

◆特別書下ろし番外編　291
◆あとがき　　　　　　300

*プロローグ

　どうして人は、主役になりたがるんだろう。
　どうして一番じゃなきゃダメなんだろう。
　二番目でもいいよって思えたら楽なのに。
　どうしても、一番に自分を見てもらいたいと思ってしまうの。

　好きって気持ちは、こんなにも苦しい。
　だけれど、簡単に彼をあきらめることはできない。

第1章
憧れのプリンセス

*委員会決め

　高校1年生4月。

　ワクワクしながら迎えた入学式を終えると、私たちには、しょっぱなからたくさんのめんどくさいことが待っていた。

「はぁーあ、本当めんどくさいよね。入学式して、自己紹介。ここまでならまだしも、委員会決めも今日するなんてハードすぎ」

　そんなふうにグチをこぼして私のところにやってきたのは、中学からの友達である、江川理沙ちゃん。

　ショートカットが似合う元気っ子で、思ったことをなんでも言っちゃうようなサバサバした子。

　だけど、そこには優しさが見えて私はすごく好きなんだ。

　理沙ちゃんは美人だから、すごくモテる。

　今日は配られたクラス表にふたりとも1年3組と書かれていたのを見て、一緒のクラスだって大はしゃぎした。

　しかも……。

「クラス替えなしだから、ずーっと一緒だね!!」

　この学校では、3年間クラス替えがない。だから、私たちは卒業まで同じクラス。

　中学が同じ子はほかにも何人かいるんだけど、私はなかなか自分から声をかけにいけないタイプだから、本当に理沙ちゃんがいてくれてよかったって思う。

第1章　憧れのプリンセス ≫ 9

「心、自己紹介なに言うの？」
「まだ……決まってないかな」
　そんな私の名前は、松山心。
　しん、じゃなくってね、こころって読むの。
　ちょっと変わった名前で、人に覚えてもらえるのはうれしいけど、いっつも自己紹介で中途半端に目立つから好きじゃない。
　今日は目立たないといいけど……。
「はい、じゃあ席について」
　担任の先生がそう言うと、みんな自分の席に戻っていった。
「じゃあ、さっきも言ったとおり、出席番号1番の人から前に出て自己紹介をお願いします」
　新しい教室で、見慣れない顔ぶれに自己紹介。
　嫌だな……人前で話すのは苦手だから、すごく緊張する。
　私はあとのほうだから、みんなの自己紹介をドキドキしながら聞いていた。
「江川理沙です。中学まではバスケをやってました。話すの大好きなので、どんどん話しかけてやってください」
　元気にハキハキと話す、理沙ちゃん。
　やっぱりすごいな、理沙ちゃんは。
　それからどんどん自己紹介は進んでいって、だんだんと私の順番が近づいてきた。
　どうしよう……もうすぐだよ。
　声が裏返ったらどうしよう。

緊張で話す言葉が飛んじゃったら……。
　なんて考えていると、お腹が痛くなってきた。
　待って、これはまずいかも……。
　ぎゅっと手を握った瞬間。
「星野翼です」
　ドキン――。
　その、透きとおった声に、私の張りつめていた緊張が少しやわらいだ。
　彼はたんたんと自己紹介をしていく。
　自己紹介はいたって普通なのに、まわりの女の子は、なにやらヒソヒソと話していた。
「あの人、カッコよくない？」
「星野って、あの星野くんだよね？　中学の頃ファンクラブがあったらしいよ」
「マジ!?」
　そんなにモテるんだ。
　たしかに、まわりに比べて少し大人っぽいかもしれない。
　少しくせ毛っぽい髪型で顔が整っていて……モデルでもやっているのかなってくらいのスタイル。
　だけど、なんだか自己紹介は気だるげで、猫みたい。カッコいいというよりも、私には"すごく眠たそうな人"って印象が強かった。
　なんて……こんなことを言ったら、まわりの女の子たちに怒られちゃ……。
　――ドキ。

その瞬間、自分の席に戻ろうと歩きだす星野くんと目が合った。
　目が合った……!?
「ねぇ、今星野くんと目が合ったんだけど〜」
　私のうしろのほうの席の女の子が言っている言葉が耳に入り、少し恥ずかしくなる。
　私なわけないじゃん……。
　そんなことを思っていると、すぐに私の自己紹介の番が回ってきた。
「……です、3年間よろしくお願いします」
　よくもなく、わるくもない自己紹介だったけど、緊張が解けたおかげで、声が裏返ることも、なにを話すか飛んでしまうこともなく、自己紹介を終わらせられた。
　よかった……。
　そして、休憩時間──。

　自分の順番が来るまでは気を張っていて、人の自己紹介があんまり耳に入ってこなかったけれど、自分の番が終わると、今度は張りつめていた緊張がいっきに解けて眠くなってしまった。
「心〜、やっと自己紹介終わったね！　緊張した？」
「うん……」
　私のうしろの席である理沙ちゃんに、声をかけられる。
「私も。ま、誰が誰とかすぐには覚えられないから大丈夫でしょ。これから友達作り頑張ろう」

「うん！」
「でも、星野くんだっけ？　めっちゃモテてて、さすがに名前覚えちゃったよ」
　星野くん……。さっきの気だるげな彼だ。
「なんでも中学からかなりモテたらしいね？　高校でもすごいんじゃない？」
「たしかに……」
「まっ、心はイケメンとか、あんまり興味ないもんね～」
　イケメンというか、好きな人が今までできたことがない私は、恋をする感覚を知らない。
　カッコいい＝好きとは違うし……。
「次、委員会決めだって～。委員会、なに入る？　どれも男女ひとりずつだし、どうしようかなぁ」
　うーんと言いながら、腕をくむ理沙ちゃんに言う。
「私は、保健委員にするよ」
　中学の頃も保健委員会に入っていたから、高校でもやってみたいなって。
「そっか、じゃあ私、放送委員にしよ。それでお昼の放送に好きな曲を流しちゃおー」
　おちゃらけながら言う理沙ちゃんに、
「同じ曲ばっか流さないでよ」
　なんて言って笑っていたら、先生が教室に戻ってきた。
「じゃあ、これから委員会決めを始めます」
　その言葉とともに委員会決めが始まると、スムーズに各委員が決まっていってホッとした。

この調子なら、保健委員もすぐに決まりそう……。

　そう思っていたのに。

「次、保健委員をやりたい人は？」

　すばやく手をあげると、先生と目が合う。

　そしてナナメ前の男子が手をあげて。

　決まった。と思ったら……。

　そのあとから、いっせいに女子たちが手をあげはじめた。

　えっ？　どういうこと？

　あきらかにタイミングが遅かったような……。

　疑問に思いながら先生を見つめると。

「あとからあげた人はダメですよ。保健委員は、最初に手をあげた松山さんと星野くんに決まりね」

　先生のその言葉で理解した。

　そっか、"星野くん"だからか。

　正直そこまでモテる理由がわからないけど、私は星野くんをチラッと見てから黒板のほうを向いた。

　そのあとは、なにごともなくスムーズに決まって……。

　──キーンコーンカーンコーン。

　時間どおりに終わることができた。

　よかった。早く帰れる。

「えー、明日からさっそく委員会があるので、みなさん忘れないようにね」

　最後に先生が言った言葉をのぞけば、今日はけっこういい日だったと思う。

　中学の頃から仲のいい友達と同じクラスになれて、委員

会もスムーズに決まって、星野くんと一緒の委員会になれた。
　いやいや、これはべつにいいことじゃないや。
　ぶんぶんと頭をふりながらそんなことを考えていると、
「心〜、よかったじゃん〜」
　と、ニヤニヤ笑う理沙ちゃんがいた。
「なにが？」
「モテ男と一緒の委・員・会」
　すごい楽しそう。
　理沙ちゃん、こういう話好きだもんなぁ……。
「私はべつに、イケメンとか興味ないし」
「ちょっと〜、そんなこと言ってたら、まわりの女子に怒られるよ？」
　たしかに、それはそうかも……。
　あんなにおおぜいの人が、手をあげてたんだもんね。
　星野くん……か。
　性格もいい人なのかな？
　私的には顔よりも、そっちのほうが重要なんだけど。
　１年間一緒にやっていかないといけないから、わるい人じゃないといいな。
　そんなふうに期待をこめて、もう一度星野くんを見ると、ふし目がちでやっぱり眠そうな人だなっと思った。

*はじめての委員会

　入学式の翌日――。
　高校に入ってはじめての授業は、みんな体がダルそうだった。
　休みの感覚が抜けきっていなくて、すごく眠い。
　それは私も同じで、
「ふぁーーあ」
　手で口もとをかくして、大きくあくびをした。
　今日の授業はさっそく６時間。
「もうちょっと、じょじょに授業増やしていく感じにしてくれればいいのにー」
　なんて理沙ちゃんは叫んでいたが、先生たちはそんなにあまくない。
　そして、今日は６時間目のあとに委員会もあるし、疲れそう。

　はぁ……。
　ため息をついていたら、ふと視線に星野くんが入ってきた。彼の机にはたくさんの女子が群がっている。
　相変わらずすごい人気。お菓子とかあげてる女子もいるし、モテるっていいなぁ……。
　友達もすぐできそうだよね。
　星野くんの表情は見えないけど、きっと本人もわるい気はしないんだろうな。

「心ーー！　聞いた？」
「なにを？」
　私の机にやってきた理沙ちゃんは、小さな声で言った。
「星野くん、人気やばいらしいよー！」
「そんなに？」
「うん、もうほかのクラスの女子からも告白されたって。取り合いになってるみたいだから、今日の委員会、女子たちに目つけられないよう気をつけなよー」
　へぇ……。すごいなぁ。
　まるで有名人みたいだ。
　そんな人と委員会一緒になれたんなら、ちょっとだけ話してみるのが楽しみかも。
　授業中にそんなことを考えているとやっぱり集中できなくて、ナナメ前で寝ている星野くんが気になった。
　……やっぱり眠いんだ。
　そして、彼を見ているうちに……。
　──キーンコーンカーンコーン。
　今日最後の授業を終わらせるチャイムが鳴った。
「はぁーあ、やっと終わった」
　体を伸ばし、理沙ちゃんに別れを告げてから委員会の集まりに行こうと立ちあがると、ちょうど、星野くんも立ちあがった。
　せっかくだし、声をかけたほうがいいよね……？
　そう思って声をかける。
「星野くんっ、一緒に委員会……」

しかし。
——ふいっ。
彼は私から目をそらすと、教室を出ていった。
なにあれ!?　性格わるくない?
あきらかに私のことを見ていたのに!
無視されたことに怒りを感じつつも、前を歩く星野くんについていくかたちで保健委員会の教室に向かう。そして、彼に続いて教室に入った。
クラス順で座らないといけないため、仕方なく星野くんの隣に座る。
ムカつく。
たぶん星野くんは、顔がよければなにしてもいいと思ってるタイプだ。
私は、そういうタイプが一番嫌いなんだよね。
ぷんぷんしながら彼と目を合わせず座っていると、先生が委員長の先輩に言った。
「はじめての活動なので、まずは隣の人と交流しましょう。なんでこの委員会を選んだのかとか聞いてみましょうね」
……なっ!　なんていうタイミング。
私、星野くんに怒ってるのに!
しかし先生の言葉を無視するわけにもいかず、しぶしぶ彼のほうに体を向けると、彼がぶっきらぼうに言った。
「星野翼。この委員会に入った理由はとくにない」
むっかぁ～!!
なにそれ!　あきらかに私と話す気ないよね?

きっと『俺はモテるから、どうでもいいやつに愛想ふりまいてるヒマはないんだ』とか思ってるんでしょ？
　本当にそういう人、嫌い。大嫌い！
「星野くん……言っとくけどね！　私は星野くんのこと、嫌いだから。ほかの女の子がよってくるからって、私にもその子たちと同じように優しくしてもらえると思わないでよね」
　まわりを少し気にしながら、でも感情的にそう言って、ふんっと顔をそむけたところで先生が言った。
「はい、じゃあそこまでにして、これから１年間どんなことをやるのか説明していきますね」
　はぁ……。
　本当は１年間も一緒にいるわけだから良好な関係を築きたいと思ってたのに、大嫌い宣言しちゃったよ……。
　これって１年間気まずいまま？
　それよか、クラスでも女の子に敵にされちゃったりして。
　……うわぁ、どうしよう。
　自分で言ったことなのに、感情的になったことを今さら悔やんだ。
　違うもん、星野くんがわるいんだもん。
「……はい、じゃあ今日はこれまで」
　先生の説明がほとんど頭に入ってくることはなく、はじめての委員会は終わった。
　今日はさんざんだったなぁ……。
　ひとりでとぼとぼと教室に向かっていると、突然うしろ

から話しかけられた。
「なぁ」
　その声にふり返って見てみれば、そこにいたのは私をさんざんな思いにさせた星野くんだった。
　「なに？」と、ちょっと強気な態度で星野くんを見ると、彼は突然、変なことを聞いてきた。
「お前、俺のこと嫌いなの？」
　なんで、そんなことを聞くんだろう。
「嫌い……だけど」
　不思議に思いながらも、怒っていることがわかるように言うと、彼は少し笑った。
「よかった」
　……え？
　嫌いと言ったにもかかわらず、さっきよりも優しい顔をする彼の考えがわからない。
　疑問に思いながらも彼のほうを見ていると、星野くんはポツリと言った。
「俺、俺のことを好きって言ってくるやつ、そんな好きじゃねぇんだ」
　まさかな言葉。
　きっと私には一生言えないだろう、とても贅沢(ぜいたく)な話だ。
「だから、お前といるのは安心」
　そんな言葉をすらっと言って、私に笑顔を見せてくる彼を見ていると、なんだか妙(みょう)な気持ちになった。
　変なの。

変な人。
　星野翼はモテることを威張っていて、愛想のない最悪なやつ。
　そんなふうに思っていたのに。
　今はなんか……、なんだろうな……。
「変な人」
　そう、そんなふうに思った。
　人は誰だって、好かれるほうがうれしいのに。
　自分のこと、嫌いなほうが安心なんて変わってる。
「じゃあ、よってくる女の子たちのこと好きじゃないの？」
「苦手」
　口数が多くないところから、あんまり女子と話すことも慣れてなかったりするのかな、とか考えてみたりして。
「カン違いしてたなぁ……」
　私は小さい声でつぶやいた。
　顔が整っている彼。人気の彼。
　そんな彼が自分を好きな人が嫌いなんてやっぱり……。
「変な人」
「うっせ……」
　私の言葉にちょっと恥ずかしそうに目をそらす姿を見て、小さく胸が音をたてたことには気づかないフリをした。
　今日わかったこと。
　星野くんは無愛想。
　とってもモテるけど、自分のことを好きな女の子は苦手な変人。

それでいて……けっこう照れ屋なところがある。
完全に嫌いなタイプ。
そう思っていた私の気持ちが、ちょっとだけ変わった。
"まぁ、嫌いではないかも"なんて──。

*はじめまして

　翌朝。
「心〜、おはよ〜」
「おはよー！」
　理沙ちゃんとあいさつを交わして、昨日の委員会の話をしていると、理沙ちゃんはまた、ニヤニヤしながら聞いてきた。
「ねぇ、そっちはどうだったの？　イケメンくんは」
　もう、相変わらず楽しそうな顔して言うんだから。
「べつに……普通だったよ？」
「へぇ、話したの？」
「そりゃあ、話すでしょ。同じ委員会なんだし」
「キラキラオーラ出してた？」
「キラキラオーラ!?　そんなの出してないよ」
　理沙ちゃんは、たまに意味のわからないことを言う。
　イケメンにはキラキラしたオーラが出てるから、そう呼んでるらしいんだけど。
　まぁ、理沙ちゃんの言葉を借りて言うとすれば、キラキラって言うよりかはトゲトゲした感じかな。
　自分に好意を持ってくれている人が嫌いで、誰にも懐いていなくて、でもそのくせ……。
『うっせ……』
　照れている顔はもしかしたら、懐いてくれてるのかも、

なんて思わせる。そういうところが、ちょっと猫みたいだ。
　そんな調子で理沙ちゃんと話していると、星野くんが教室に入ってきた。
「さっそく、王子様のおでましか」
　王子様……。
　こんな眠たそうな顔をしている主役なんていないって。
　心の中でツッコみながら彼の表情を見ていると、昨日のことを思い出して、ふっと笑みがこぼれる。
　しかしその瞬間、彼は女子の軍団にかこまれた。
　あーあ。嫌そうな顔してる。
　昨日までは星野くんの表情まで見ていなかったから気づかなかったけど、けっこう顔に出してるんだね……。
　こんな嫌そうな顔をしているのに、よく女子も気づかないな……。
　でも、私には関係ないし。
　気にしないように、星野くんから視線をそらしたけれど。
　星野くんに視線が戻ってしまう。
　あー！　やっぱムリ！
　私は彼のほうに足を進めた。
　だって、昨日聞いちゃったし。
　べつに知らないって思ったけど、無視できないじゃん！
「星野くん……！」
　女子の間にわってはいる。
「ちょっと昨日の委員会のことでいいかな？」
　そう声をかけると、女子がいっせいに私を見たから少し

ドキドキした。
「あぁ」
　彼は私を見て返事をすると、女子たちの前を素通りし、自分の席に座った。
「委員会って」
　相変わらずクール。
　少し髪がはねている彼を見ながら、
「なにもないよ」
と小声で答えると、彼はふんわりと笑った。
　そんな顔もできるんだ……。
　そして、照れくさそうに「サンキューな」とつぶやいて顔をそらした。
「あれ、あれ？　ちょっとめずらしいんじゃない？　翼が女子に笑顔を向けるとか」
　すると、突然横から現れて声をかけてきたのは、明るい茶髪で、制服を着くずしたチャラそうな人だった。
「ういっす！　たしか……心ちゃんだよね？　俺、佐野渉。コイツのダチな〜、よろしく」
　初対面なのに下の名前で呼んで、ベラベラと話せてしまうところはすごいけど、見た目どおりチャラい人なんだろうなって思う。
　私は少し苦手なタイプ。
「よろしく、佐野くん」
　少し笑ってあいさつを交わすと、さっそく佐野くんは私たちの関係について聞いてきた。

「で、で、ふたりはどんな関係？　なにつながり？」
「うるさい、お前。委員会が一緒なだけ」
　ズバッと佐野くんに言い返す星野くんを見ると、けっこう仲良しなのかな？　なんて思っちゃう。
「なんだ～、つまんね。心ちゃん、コイツが女子に笑いかけるの、めずらしいんだぞ」
「そ、そうなの？」
「あぁ、だって愛想ないし、自分のこと好きって言う人嫌いだし……って、あ！　心ちゃん、翼のこと嫌い？」
　嫌いかって聞かれても、本人の前で嫌いなんて答えられるわけ……って私、本人に嫌いって言っちゃったんだった。
「おい、渉。お前、ちょっとは黙れよ」
　すると星野くんは佐野くんを軽くにらんで、そう言った。
　星野くんって、佐野くんにはけっこう話すんだな……。
「俺らさ、幼なじみなの。小、中、高ってずっと一緒でさ。高校ではついにクラスまで一緒だよ～。あー、やだやだ」
　ふたりの関係を聞いて納得した。
　だから、こんなに星野くんのことを知ってるんだね。
「だから心ちゃんも、これからよろしくな？」
　だから、の意味はよくわからなかったけど、話しやすくて人がよさそうな彼は、見た目をのぞけば好印象だった。
「よろしくね」
　――キーンコーンカーンコーン。
　私がそう言った時、チャイムが鳴り、先生が入ってきたため、私たちは席についた。

星野くんと、佐野くん。
　もう少し仲良くなれたらいいな……。
　私、友達が少ないから、もっといろんな人と話せるようになりたいんだ。
　頑張ろう！

「それじゃあ、これで1時間目の授業を終わります」
　やっと授業が終わり、私が教科書を片づけていると、理沙ちゃんがやってきた。
「ちょっと〜。あれ、どういうことよ、心！」
「え、えっとなんのこと？」
「あのふたりのことよ。佐野渉と星野翼。なんであんたが仲良いの？」
　理沙ちゃんは私の机に両手をついて、取り調べをするかのように聞いてくる。
「仲良いっていうか……星野くんとは昨日話して少しだけ仲良くなって、佐野くんとは今……」
「ふぅん〜、これはおもしろいことになりそうね。なんたって佐野くんは星野くんの次にモテる男子だからね」
　理沙ちゃんは、いったいどこからその情報を持ってくるんだろう。
　でもたしかに、ふたりは理沙ちゃん風に言うとオーラがある。
　そんなふたりが仲がいいなら、どこに行くにも女子がついていって大変そう……。

「で、で? 心はどっち派なの、星野くん、佐野くん?」
「どっち派!? そんなのないよ……」
　理沙ちゃんは中学の頃から、私に好きな人ができないことを心配して、なにかと恋愛に結びつけようとする。
　まぁ、たぶん一緒に恋愛の話がしたいんだろうけど。
「心も早く好きな人作りなよ〜」
「うん……」
　理沙ちゃんには、好きな人がいていいな。
　好きな人っていうより、彼氏なんだけどね。
「理沙ちゃんは、今日の放課後もデート?」
「うん、楽しみだな〜。でも、周ちゃんいっつも遅刻してくるから、今日も心配」
　周ちゃんとは、理沙ちゃんの彼の鈴村 周平くん。
　中学2、3年で同じクラスになった彼と理沙ちゃんは、意気投合して付き合った。
　高校は違うんだけどね。
　それで、なんか自分だけベラベラ話すのは申し訳ないみたいで、早く私にも好きな人を作ってほしいんだって。
　私はべつに聞いているだけでも楽しいからいいのにな。
　でも、好きな人……か。
　そんな人、私にもできるのかな。
　今まで誰も好きになったことがない私にとっては、わからない感情。
　だけど恋をするって、すごいことらしい。
　好きな人を見るだけでドキドキしたり、胸がきゅんとし

たり、見てる世界のすべてがキラキラしはじめるって。
　いろんな人がそう言ってた。
　そんな相手、私にも現れるのかな。
　でも、もし好きになるなら……自分のことを守ってくれる王子様みたいな人がいい。
　どこにいても、なにをしてても、必ず助けに来てくれる王子様。
　そんな人と、幸せな恋ができたらいいな——。

*買い物がかり

　前回の委員会から１カ月たった頃。

　今日の放課後、保健委員だけが集まることになっている。

　あれから、星野くんとはあいさつくらいしか言葉を交わしてない。

　相変わらず女子たちにかこまれていたけど、そのたびに助けていたら、どういう関係なのって私に白い目が向くから見ないフリをしている。
「おっはよ〜、心ちゃん」
「あ、おはよう。佐野くん」

　でも、苦手だと思っていた佐野くんとは、意外にもいろいろと話をしていた。
「心ちゃーん、聞いてよ。昨日女の子にビンタされちゃった〜。『この浮気もの』だって。たたかなくてもいいじゃんなぁ！」

　佐野くんは、おしゃべりで、しかも教室をふらふらしているから、ずっと自分の席に座っている星野くんとは違って、私にも話しかけにくる。
「そんなことしてちゃダメだよ。やっぱり人を思うなら一途じゃなくちゃ」
「ふぅん、心ちゃんはそういう派？　どういう系が好みなの？」

　好み……って言われても、人を好きになったことがない

からピンと来ないけど。
「王子様みたいな人がいい……」
「ぶっ！　かわいい〜、心ちゃ〜ん！　王子様？　俺なってあげちゃうよ」
　やっぱりバカにされると思った……。
　もう言わないもん。
　私が怒ってそっぽを向くと、理沙ちゃんがやってきた。
「ちょっと、あんまり心のことイジメないでよね〜」
　そういう理沙ちゃんも、はじめて聞いた時、笑ってたけどね。
「なんだよ、理沙ちん〜。俺には厳しいの」
　理沙ちゃんと佐野くんは、この前自己紹介しあったばかり。ふたりとも誰とでも仲良くなれちゃう性格だから、このとおり、すぐに仲良くなった。
「でも佐野もモテるからってさ、よくやるよね〜。浮気なんてさぁ、罪悪感とかないわけ」
「むっ、理沙ちん、誤解すんなよ。俺、浮気してるわけじゃねぇの」
　私の消しゴムを上に高く投げ、キャッチしてから答える。
「遊んでんの」
　カッコいい仕草をして、なにを言うかと思ったら……ぜんぜんカッコよくない！
「でもさ〜、今いないんだよね。一途になりたいって思うくらい好きな人。それくらい好きなやつができたら、俺大変よ。その子の王子様になっちゃうもん」

チラリと私を見て言う。
　あ、また私のことバカにした。
　きっ、と佐野くんをにらむと佐野くんは、
「おーこわい、こわい」
　と言って、自分の席に戻っていった。
「嫌ね〜、チャラい男は。やっぱり周ちゃんが一番だわ」
　そうノロケながら、理沙ちゃんも自分の席につく。
　はぁーあ。
　みんな楽しそうでいいな。
　私も、そんな人ができたらいいんだけど——。

　午前中の授業を受けて、お昼ご飯を食べると、あっと言う間に午後の授業になった。
　午後一番の授業は古典。
　ご飯を食べたばかりだから、眠くて眠くて仕方がない。
　そんな中でも必死に寝ないようにこらえていると、私のナナメ前にいる星野くんが目に映った。
　寝てる……。
　堂々と寝ている彼を見ていたら、眠気をこらえているのがバカバカしくなった。
　ゆっくりと落ちてくるまぶたに逆らわず、私も目をつぶる。
　あぁ、今日は気持ちいいな——。
　気づいたのは、授業が終わってしばらくたった時だった。
「心、起きて！　心っ」

理沙ちゃんがしきりに私を呼ぶ声で、はっと目が覚める。
「大丈夫？　もう放課後だよ」
「ええっ！　もう!?」
　どうやら古典が終わったあとのホームルームも、ずっと寝ていたらしい。
　慌(あわ)てて起きた私は、まわりをキョロキョロと見る。
「今日、委員会でしょ？」
「そう！　星野くんは？」
「先行ったよ～」
　つれないな。
　なんて、のんきなことを言ってる場合じゃない。
　委員会があと少しで始まる時間だ。
「行ってくる」
　私はそう言って教室を飛びだした。
　タッ、タッ、タッー。
　ガラっとドアを開けると、まだ先生は来てないみたいで安心した。
　そして星野くんの隣に座ると、私はすぐに彼を見て言った。
「どうして、声かけてくれなかったの？」
　もとから一緒に行く約束はしていないけれど、声ぐらいかけてくれたっていいじゃん！
　しかし、星野くんは表情を変えずに言う。
「寝てたから」

寝てたからって……もしかして少し天然？
　起こしてくれなきゃ、委員会遅刻しちゃうじゃん！
　文句でも言おうと思ったけど、それよりも、前回とは違って私のことを視野に入れてくれたことがうれしくなって、私はすぐに許してしまった。
「今度から声かけてほしい……」
　私も単純だなぁ。
　ちょうどその時、保健の先生が入ってきて、委員会が始まった。
　今日は１年生だけの集まりだから、この前よりも人が少ない。
「今回集まってもらったのは、２カ月後にここの体育館で行う保健発表会のためです。その準備をしてもらうんだけど、保健発表を行うのはおもに２、３年生。１年生には強制ではないですが、道具の準備をしてもらいたいと思っています」
　へぇ……！
　発表会なんてあるんだ。
「それで、１年生の中からふたりほど買いだしを手伝ってもらいたいんです。誰かやってくれる人はいませんか？」
　先生のその言葉にまわりはシーンと静まり返る。
　あらら、これ絶対誰もやりたくないパターンだ。
　先生も困り顔をしている。
　たしかに買い物はめんどくさいけど……せっかく保健委員になったのに、なんの力にもなれないのは嫌だな。

そう思った私は、
「私……やります」
　意を決して、手をあげた。
「ありがとう、助かるわ」
　すると先生はほっとした顔をして、黒板に名前を書いていく。
　そして、
「じゃあ、せっかくなので、もうひとりは星野くんにお願いしようかしら。同じクラス同士だし、よろしく頼むわね？」
　あ……。
　——しまった。
　先生の言葉に、これはまずいことになったと、おそるおそる彼を見ると。
　うわ……、すごく嫌そうな顔。
　予想どおり、彼は眉間にシワを寄せながら私を見ていた。
　まぁ、そうだよね。
　こんなめんどくさいこと、普通やりたくないよね。
　なんの力にもなれないのは嫌だと思って立候補したけど、まさか星野くんまで巻きこんでしまうなんて思ってもいなかったんだよ。
　そう心の中で言いわけしても、星野くんの不機嫌な顔が直ることはなく……。
「次の委員会までに、このメモに書いてあるものを買ってきてね」

話が進んでしまう。
　先生からメモを渡された時、ちょうどチャイムが鳴った。みんながホッとしたのが伝わってくる。
「じゃあ、今日は解散です」
　先生の言葉に、まわりはゾロゾロと帰っていく。
　そして残された私たちは……。
「あの、ごめんね？　星野くん……？」
「めんど」
　そ、そうですよね……。
　いや、そりゃあ……彼にとって買い物が楽しいことでないことくらい、わかっていたけど！
　そんなあきらかに迷惑そうにされたら、申し訳なくなるっていうか、もうひとりで頑張りますっていうか。
「本当ごめん。買い物は私がひとりでしてくるから、いいよ！」
　としか言えなかった。
　そう彼に伝え、仕方なく教室を出ようとした時。
「いつ？」
「え？」
　星野くんは言った。
「だから、いつ買い物すんの？」
「え、いや買い物は私が……」
「日曜日なら空いてる。」
　えっ……。
「日曜日ならヒマだから」

それって、一緒にいてくれるってこと？
　あんなめんどくさそうな顔してたのに？
　少し意外に思いながら彼を見ると、星野くんは、
「なんだよ」
　って言いながら目をそらした。
　それを見て、やっぱり照れ屋……なんだなってわかったけど、オッケーしてくれた理由まではわからなかった。
「ううん、ありがとう。今週の日曜日に行こう！」
　時間と待ち合わせ場所を決めて彼に伝えると、こくりとうなずくだけ。
　本当に来てくれるのか、とても心配になったけど。
　それでも私は、ドキドキしながら日曜日を待っていた。

*彼と買い物

　それから５日後の日曜日。
　午前11時。
　星野くんとの待ち合わせのため、学校の最寄り駅で待っていると、少したってから、彼がやってきた。
「お、おはよう」
　私服でやってきた彼に心臓がドキリとして、さっそく朝のあいさつを変な感じでしてしまった。
　そんな私に、星野くんはポーカーフェイスで言った。
「はよ」
　やっぱり表情は変わらない。
　ＶネックのＴシャツに、ピタッと引きしまったＧパンを組み合わせた星野くんは、すごく大人っぽくて、見なれていないから、とても新鮮だ。
　いつもと雰囲気が違うからか、知らない人と歩いてるみたいで緊張する。
「買い物は、すぐそこのショッピングモールで、いいよね？」
「うん」
「えっと……」
　なんだろう。
　会話がうまく進まない。
　あらためて実感する。
　やっぱり、星野くんは顔が整っていて、カッコいい人な

んだって。
　服のセンスといい、モデルみたいなスタイルといい、彼のモテる理由がよくわかった。
　会話がつまることなく話せるようになるまで時間がかかったけど、歩いているうちにだんだん緊張も解けてきた。
　15分くらい歩いて、ショッピングモールに到着。
　文房具売り場を見つけ、買い物リストを取りだす時には、私の緊張も完全に取れていた。
「えーっと」
「多すぎ」
　星野くんはメモを見ていう。
　ペンと、ダンボールと、模造紙と、おり紙と……。
　とにかく発表で使うようなものが、たくさん書いてある。
　これって探しだすだけでも大変だよね
　それらを探しまわっていると、ぜんぶのものが揃った頃には、ここに来てから1時間半がたっていた。
「やっと買えたね〜」
「この仕事、大変すぎ」
　その元凶は私だ。
　買い物袋を抱えながら、本当に申し訳ないなぁっと思っていると、星野くんは言った。
「貸して」
「え？」
「それ、俺が持つから」
　買い物袋は、袋4つ分の荷物。

ふたつはすでに星野くんが持ってくれているのに。
「重いから」
　たしかに文具用品は量があるから地味に重いけど、半分ずつ持てばちょうどいいし。
　それに、さすがに買い物についてきてくれた人に、荷物までぜんぶ持たせちゃったら、本当に申し訳ないよ。
「私が買い物に付き合わせちゃったようなもんだから……」
　そう言って歩きだしたけれど、すっと荷物が奪われた。
「あ……」
「もらい」
　星野くんは私の両手から買い物袋を取ると、無邪気に笑った。
　ドキンー。
　心臓が大きく音をたてる。
　カッコいい人がモテるのは、心臓をドキッとさせる回数が多いからなんだろうか。
　あっけにとられているうちに先に進んでしまった彼を、小走りで追いかける。
　そして、彼に追いついて、肩を並べると、私は星野くんから買い物袋を取りあげた。
「じゃあ、4分の1個」
　ぜんぶ星野くんに持たせることはやっぱりできなくて、ひとつだけ持たせてもらうと、
「ふっ、やっぱお前、おもしろいやつ」
　星野くんは笑った。

彼は意外とよく笑うんだ。
　学校ではあんまり笑顔を見せないけれど、話せば意外と笑顔を見せる。
「ねぇ、クレープとか食べてから帰らない？」
　もっとその素顔を見てみたいって思う。
　もっと、私の知らない星野くんを見てみたい。
　もっと、もっと一緒にいたい。

　私の提案に、彼は無表情でうなずいた。
　そして、ショッピングモールに入っているクレープ屋さんに向かいクレープを買うと、私たちは外にあるベンチに座った。
「星野くんはチョコバナナなんだ」
「うん、お前は？」
「私はイチゴ。生クリームたっぷりの！」
　私がニコッと笑って言うと、星野くんはうげって顔をする。
　生クリームには限度(げんど)がある、ってマジメな顔で言うもんだから、私は思わず笑ってしまった。
「でも、今日は本当にごめんね。迷惑かけちゃって。私が手をあげなければ、こんなにめんどくさいことしないですんだのに」
「べつに……」
　星野くんはそうやって言って目をそらす。
　文句を言わないでいてくれる。

あぁ、優しいなって思っていたら、彼は小さくつぶやいた。
「そういう迷惑のかけられ方は嫌いじゃない」
　……星野くん。
　心がポカポカと暖かくなる。
「あり、がと」
　少し恥ずかしくなって目をそらしながら言うと、私たちはその後、無言でクレープを食べた。
　その沈黙さえも居心地がいい。
　もっとこの時間が続けばいいのに
　そんなことを思っている時。
　――ピリリリリリー。
　星野くんの携帯電話が鳴った。
「ごめん、出る」
　私にそう言って、電話に出る星野くん。
「うん、うん。でも今はムリ……は？　わかったよ、今行く」
　ピッっと電話が切れた音とともに、星野くんは携帯をしまい私に言う。
「わるい、急用できたから先帰る」
　慌(あわ)てた様子で荷物を持って、
「また」
　と言うと、走って駅のほうに向かってしまった。
　行っちゃった……。
　しかも、荷物をぜんぶ持って。
「持つって言ったのにな……」

急に用事ができてしまったことを残念に思いながらも、今日はいい日だなっと空を見あげた。
「キレイな空……」
　クレープを食べ終えて駅に向かって歩きだすと、
「心ちゃーんっ！」
　背中を陽気な声とともにたたかれた。
　ビックリしてふりむくと、そこにいたのは明るい髪色の彼だった。
「佐野くん！」
　私服姿で、首もとが開いていて、アクセサリをつけてるところは、やっぱりチャラいなって思う。
「やっぱり会えた。あれ、翼は？」
　あたりを見まわしてそう問いかけてくる佐野くんは、どうやら私と星野くんが出かけることを知っていたみたいだ。
「翼がさ、明日心ちゃんと買い物に行くって言ってたからさ、俺もそっちに用事あるから会うかもなーって話してたんだよ。でも、翼いねぇのな？」
「うん、星野くんはなんか急用が入ったって、今帰っちゃって……」
　すると、一瞬佐野くんの表情がくもった。
「あぁ、またアイツのところに行ったのか……」
「え？」
「いや、なんでもねぇ。それより、心ちゃん一緒に帰ろーぜ！」

「う、うん」
　私はそのことをあまり気にすることなく、佐野くんと帰ることにした。
「明日、学校行くの楽しみだな……」
「ん？　なんか言った？」
「ううん、なんでもないっ」
　彼にもっと近づきたいと思って踏みだした１歩は、私にとって大きなものだった。
　はじめての気持ちは、とてもあま酸っぱい。
　それはまるで、さっき食べたクレープのようだった。

*気になる存在？

　次の日。
　私は、朝一番に星野くんの席に向かった。
「おはよう、星野くん。昨日は用事大丈夫だった？」
「あぁ」
　相変わらずモテる星野くん。朝から机のまわりは女の子たちでいっぱいだけど、私は気にせず話しかけることにした。
「そっか、よかった。じゃあ、先生のところに渡しにいっちゃおうか」
　朝のうちに渡せば、あとは楽だし。
　それに……女子たちにかこまれているよりかは、先生のところにいたほうがいいと思う。
　こくりとうなずいて荷物を持ち、立ちあがった星野くんのあとをついていく。
　そのまま保健室に行ってドアを開けると。
　――ガラッ。
　保健の先生はイスに座っていた。
「あら、おはよう。頼んだものかしら？」
「あ、はいそうです！」
「助かるわ～。誰もやってくれなかったらどうしようかと思っちゃった、本当にありがとねっ！」
　いえいえ、なんて言いながらも、こんなに感謝されると

第1章　憧れのプリンセス ≫ 45

少し誇らしくなる。
　チラリと隣の彼を見ると、彼は無表情で買い物袋を先生に渡した。
「星野くんも、どうもありがとう」
「いえ」
　やっぱりクールだ。
　あまり感情を表に出さないタイプなのかもしれない。
　そんなことを考えながら保健室を出ると、星野くんは言った。
「昨日さ……」
　ん？
　聞き返そうとした瞬間。
「あっ！　松山～」
　私は遠くから誰かに声をかけられた。
　ふり返ってみると、こちらに向かって走ってくるのは中学が同じだった東野くんで……。
「ちょうどいいところにいた～」
　なんて言って笑った。
　東野くんとは3年生で同じクラスになって高校も一緒だから、クラス発表の時も一緒に見てたんだけど、けっきょくクラスは別々になり、私は少し安心していた。
　なぜなら。
「実は頼みたいことがあってよ～」
　かなり強引に人にものを押しつけてくるからだ。
「放課後、お前のクラスの担任に今度交流キャンプで使う

しおりのホチキス止めを頼まれちゃって。でも俺さ、今日用事があって残れねぇんだよ〜。松山代わりにやってくんねぇ？」

　小さいことならべつにいいんだけど、わりと大変な仕事だったりする。

　しかも。先生に頼まれた仕事を代わりにやったことがバレて、怒られた経験もある。

「ごめん、そういうのはちょっと……」

　家を出る前、お母さんから早く帰ってくるように言われていたし、どっちにしろ今日はムリだ。

　そうやって断ろうと思ったら、

「頼むよ〜、お前しかいねぇんだよ。どうしても、お願い！なっ？」

　うう……しつこく頼みこんでくる。

　ど、どうしよう。

　はっきり断ることもできずに困っていると、

「ムリっつってんじゃん」

　私の隣から声が聞こえてきた。

　その声はもちろん星野くんなわけで。

「お前、しつこい。今話の途中だったんだけど」

　彼は低い声で言いすてた。

「なんだよ、お前。じゃあ、いいし。ほかのやつに頼むから」

　ピシャリと言われた東野くんはなにも言えなくなったのか、少し怒った顔をして帰っていった。

　よかった……仕事を押しつけられないで。

「ありがとう、星野くん」
　でも正直、意外だったなぁ。
　彼が助けてくれるなんて。
　優しい一面があることはわかっていたけど、めんどくさいことにはかかわらなさそうだし……。
「べつに、前の借りを返しただけ」
　そう言って先に歩きだす星野くんは、冷たい態度をとっているわけじゃないってことを私は知っている。
　お礼を言われると、少し照れる星野くん。
　彼の「べつに」は、私にとってうれしい言葉。

　そのまま教室に戻ると、ちょうどチャイムが鳴った。
　それぞれ自分の席につき、教科書を出したところで、先生が入ってきた。
　いつもなら眠くて仕方ない朝の授業。
　朝からうれしいことがあった私は、眠気なんて吹っとんでしまったようで、しっかりと授業を聞けた。
　そんな私とは反対に、彼は頭をふせて眠っているんだけど。
　1時間目の授業が終わり、さっそく理沙ちゃんが私の机にやってきた。
「ねぇ〜、心っ！　昨日星野くんとデートしたんだって？」
　まわりの女子を考えてか、私の耳もとでささやく理沙ちゃん。
「ちょ、デートって……！　変な言い方しないでよ。ただ

委員会の買いだしに行っただけだし」
「同じようなもんよっ！」
　理沙ちゃんの考えはどうなっているんだか、今だに解読(かいどく)できない。
　私のあきれ顔を気にもせず、理沙ちゃんは楽しそうに言った。
「で、どうだったのよ？」
「どうってべつに……普通だったよ？」
「カッコいいな～とか思ったり、ときめいたりとかしたんじゃないの～？　なんたって学年一の王子様だよ！　なにも思わなかったなんて、ありえないっ！」
　さっきまでの小さな声とは逆に、興奮して大きな声になる理沙ちゃん。
　最初から話を聞いてる人にはバレちゃうんじゃ……と思ったけど、まわりにはあんまり人がいなかった。
「カッコいいなぁとは普通に思ったよ。ときめきも……あったのかな？」
「なにその曖昧(あいまい)な感想」
「私、ときめきとか、よくわからないんだよね」
　正確には、どれが普通の感情なのかわからないって感じかなぁ。
「うーん。たとえばさ、星野くんを見て胸がきゅんって動くの、そういうのあった？」
「まぁ……」
　笑顔を見ると少し、きゅんって動く気がする。

「それそれ、私が求めてたものっ！」
「え？」
「男の子を見て心臓がきゅんって動く、これって恋だと思わない？」

　恋っ!?
　それはちょっと強引すぎる気が……。
　私に恋を知ってもらいたいって気持ちはわかるけど……ねぇ？
「だって、気になる存在ではあるでしょ？」
「へっ？」
　少し心臓がドキリと動く。
　そしたら、理沙ちゃんは目を細めて言ってきた。
「うしろから見えてるんだからねぇ〜。授業中、チラチラ星野くんのこと見てるの」
「そ、そんなんじゃ……！」
　うしろの席の理沙ちゃんに気づかれてたことに、焦りながら否定しても意味はなかった。
「なになに〜。盛り上がってんね〜、俺も入れてよ〜」
　そんななか、やってきたのが佐野くんで、かなり厄介なことになりそうだなと思っていたら。
「ねぇねぇ、胸がきゅんってなったら恋だよね？」
　お調子者の理沙ちゃんは、そんなことを佐野くんに聞いた。
「そりゃあ、もう！　確実な。胸キュンなんて、そうそうねぇよ？　俺だっていつしたかも思い出せねぇし」

「あんたはチャラいからね」

「チャラいっつーなよ」

　はぁ……。

　お調子者はふたりともだった。

「心ちゃん、相手誰だか知らねぇけど、これからめっちゃかわいくなっちゃうんじゃね？」

「なんないよ、そんなの」

　テンションの高い佐野くんにそう答えると、彼はにやりと笑って言った。

「わかってないな〜。まぁそのうちわかるかもね、恋する人の特権」

　特権……か。

　それで本当に変わったりするのかな……？

　いやいや。

　というか私、星野くんのこと好きじゃないし。

　心臓がね、きゅんっと小さく動いたのはふだん見ない彼の表情を見られたから。

　驚いた時だって、心臓は動くんだよ。

　そんなことを思いながら、また彼に視線を戻すと、彼はウワサされているとも知らず、まだ眠っていた。

　まぁ、顔をふせていれば女子たちもよってこないしね。

『だって、気になる存在ではあるでしょ？』

　気になる存在……。

　——はっ。

　気づいたらそんなことを考えている私は、やっぱり理沙

ちゃんの言うとおり、星野くんのことが気になっているんだろうか。
　気になる……か。
　心の中でつぶやいた言葉は、自分の中に溶けこんで消えていった。

*交流キャンプの準備

「今日は２週間後に行われる交流キャンプの班決めをします。キャンプは日帰りですが、お昼にグループで昼食作りをしてもらいますから、しっかり決めてくださいね」
　先生は５時間目の総合の時間にそう言った。
　入学して２カ月ちょっとたった６月半ば。
　少しクラスの中が深まってきた頃。
　夏休みに入る前に、さらに交流を深めようということで行われるキャンプに女子は力を入れている。
　なぜなら……。
「星野くんっ！　私と同じ班になってください」
「待って。私たちと一緒になろうよ〜」
　このクラスには学年で一番人気の星野くんがいるから。
　すでに星野くん争奪戦が始まっていて、言い争いをしている女子たちを私は遠くで見ていた。
「ちょっと、待ってな。俺たちも考えたいからさ」
　その被害は佐野くんにも向いているみたいで、彼もまた女子たちにうもれていた。
「大変そうだね、あのふたり」
「なんたって学年１位と２位だからね。必死にもなるわ」
　私と理沙ちゃんは、教室のすみで班の名簿に名前を書いていた。
「誰かに入ってもらわないとね」

班は4人以上で作るため、あと最低でもふたり必要だ。
　女子はほとんど星野くんたちのまわりにいるし……。
　これは星野くんと一緒の班になれなかった女子のグループを誘うしかないなぁ。
　そんなことを考えていた時。
「決めたっ!!　俺と翼、理沙ちんと心ちゃんと同じ班にしまっす」
　佐野くんが手をあげて大きな声で叫んだ。
「「えっ」」
　乾いた声がもれる教室には、私たちの声も混じっている。
「みんなにいっきに来られても一緒になれないし、こんなに争うくらいなら、そこの興味なさそうなふたりに一緒になってもらおうかと」
　へへんっと無邪気に笑う顔は、きっとまわりの女子をドキッとさせているんだろうけど、私はそうはならない。
　だって、不満そうな女子の顔がこっちに向いているのだから。
　不安に思いながらも、佐野くんの次の言葉を待っていると、星野くんがつぶやいた。
「なんでもいいけど、争われても困る」
　その低い声は静かにひびき、女子たちの心に伝わる。
　すると、今まで鋭い目をこちらに向けてきた女子たちは、慌てて口々に謝った。
「そ、そうだよね！　交流キャンプなのにケンカしてたら意味ないよね。班は佐野くんの言ったとおりにしよう！」

解決した。
　星野くん、すごい……。
　というか、星野くん信者が恐ろしい。
「さすが、翼やるね」
　星野くんの肩をたたきながらやってくる佐野くん。
　4人揃うと、私たちは名簿に名前を書いて先生に提出した。
「も～、佐野は私たちのこと、余りモノみたいに言わないでよね」
「わりぃ、わりぃ。本当はさ、心ちゃんと理沙ちんと一緒の班になりたかったんだよ。心ちゃんの恋バナも聞きてぇし？」
「ちょっと……！　佐野くん」
　私は焦って佐野くんの言葉を止める。
　星野くんが目の前にいるのに……！
　って彼は、関係ないんだった。
「キャンプの時、なに作るか決めろって」
　すると、星野くんは私たちの会話に入ることなく言ってきた。
「なに、ってどうする？」
　佐野くんが言う。
「なんでもいいの？」
　理沙ちゃんの言葉に星野くんは言った。
「ああ、買いだしは自分たちだから、なんでもいいらしい」
「へぇ～。じゃあ、すげぇもん作ろうぜ！」

「てか、佐野、料理できるの?」
「ぜんぜん」
　だと思った……。
「星野くんは?」
　理沙ちゃんがそうやって聞くと、星野くんの代わりに佐野くんが答えた。
「コイツはぜんぜん、俺よりダメだよ。不器用だから」
　へぇ……不器用なんだ。
　星野くんも反論しないから、自分でも意識はあるんだろう。
　そうなると……。
「この中で料理できるのは、心、あんただけね」
　中学の頃、家庭科で野菜を切るのも失敗していた理沙ちゃんには期待ができない。
「「頑張れ〜」」
　他人ごとのように言う理沙ちゃんと星野くんに、もう〜と言いながら怒ると、星野くんは小さくつぶやいた。
「シチュー食いたい」
　シチュー!?
　すごく意外だけど、いいかもしれない。
「カレーは無難すぎるし、シチューなら簡単でいいかもね。そうしよう!」
　みんながその意見に賛成し、作るものが決まったので、次は買いだしの日程。
「じゃあ買い出しは、みんな前日空いてるかな?」

私がそう聞くと、みんなはいっせいにうなずいた。
「じゃあ、決まりね」
　理沙ちゃんが言う。
　なんか……楽しそう。
　一緒になれてよかったと思ってしまうのは、話したことのある人と一緒になれたから。
　べつに、星野くんが一緒でうれしかったわけじゃないもん。
　心の中で言いわけをして、私は買いだしの日を楽しみに待っていた。

　そして、その日はすぐにやってきた。
「おはよ〜」
「おはよ」
　学校の最寄り駅で待ち合わせした私たちは、そこから歩いて15分のショッピングモールに向かう。
　私は、星野くん、佐野くん、理沙ちゃん、みんなの私服を見たことがあるわけだけど……。
　やっぱり慣れなくて緊張する。
　私服ってだけで雰囲気変わるんだ。
　とくに星野くん……。
　そんなことを考えながら見ていたら、パチっと目が合ってしまった。
「なに？」
「い、いや……今日いい天気だなぁって思って」

ああ、もう嫌だ。
変なこと言っちゃったよ……。
楽しそうにハシャぐ佐野くんと理沙ちゃんを見ながら、そんなやりとりをしていると、ショッピングモールに到着した。
私たちは食料品の売り場に向かう。
「ジャガイモ、ニンジン、タマネギ、お肉、シチューの素、キノコ……あとはお菓子とか、てきとうに」
必要な材料を言っていくと、みんなせかせかと探しにいってカゴに入れてくれる。
そうすると、30分もしないうちに買い物は終わった。
「早かったね～」
「もう終わったとかな。なぁ！ せっかくだし、これからみんなで遊ばね？」
佐野くんが楽しそうに言うから、私もそれに賛成しようと思ったら……。
「ごめん、実は私、今日午後から用事あって」
理沙ちゃんは言った。
「なんだよ～。理沙ちん、つれねぇの」
「本当、ごめんっ！」
理沙ちゃんはそう言うと、袋を持って帰っていった。
なんだ、理沙ちゃん用事あったんだ……。
それじゃあ今日はもう帰宅かな、なんて立ちあがると。
「あれ、心ちゃんも用事あんの？」
佐野くんが聞いてきた。

「いや、ないけど……」
「じゃあ、遊ぼうぜ３人で。なぁ翼」
「いいんじゃね？」
　３人で……不思議なメンバー。
　私は勢いよくうなずくと、ふたりと遊ぶことにした。
　スーパーに戻りサッカーボールを買うと、やってきた場所は公園。
　少し広い場所で円になって、３人でポン、ポンとパスをつなげた。
「そうそう、心ちゃんなかなかうまいじゃん」
　星野くん、私、佐野くんという順番でパスをつなげてく。
「サッカーはわりと好きなんだっ。よいしょ。ふたりはすごくうまいね」
　佐野くんから星野くんへのパスの音が、私のとはぜんぜん違くて、かげんしてくれてるのがわかる。
「おう、俺ら中学の頃、サッカー部だったからよ……っと。コイツ、キャプで俺部長」
「すご～い！　っ、おっと」
　キャプテンってことは、すごくうまいんだよね。
　見てみたかったなぁ……。
　ぽーっとそんなことを考えていると、
「あっ」
　私が足でキャッチしたボールが運わるくはねあがり、顔面に当たった。
「痛っ～い」

しかもぶつけた勢いで尻もちをつく。
　サッカーボールはかたくて、顔に当たるとけっこう痛い。
「わりぃ、大丈夫か？」
　心配そうにやってきた星野くんを見あげると、星野くんは私の顔を見て吹きだした。
「ぶっ」
「ちょっと、なんで笑うの！」
「だってお前、顔に泥ついてる」
　肩をゆらして笑う星野くんに、頬をふくらまして怒る私。
「もう……！」
「わりぃって、ほら……」
　ドキンっ──。
　その瞬間、私の頬に手をあてて泥をこする星野くん。
　ドキ、ドキと心臓が強くうるさく鳴って私は固まる。
　触れられた手を意識しながら見ていると……。
「取れた」
　彼はそう言ってふわりと笑った。
　ドキンーっ。
　もう一度心臓が鳴ったのは、また彼の笑顔を見ることができたから。
「心ちゃん、平気だった？」
　佐野くんの言葉で我に返り、慌てて答える私。
「だ、だいじょうぶ」
　しゃがみこんだ星野くんを差しおいて立ちあがると、星野くんも続いて立ちあがった。

彼の笑顔が好き。
　すごくたまーに見せる笑顔が、なんだか私をポカポカさせるんだ。
　──ピリリリリリー。
　その瞬間、星野くんの携帯の着信音が鳴りひびいた。
　そういえば、前もこんなことがあった気がする。
　携帯に出た星野くんはまた深刻な表情をして……。
「もしもし、……うん、わかった。今から行く」
　この間と同じように言って、電話を切った。
「わりぃ佐野、俺行ってくるわ」
　うつむきながら言う星野くんに、佐野くんは眉をひそめた。
「お前さ、まだアイツのとこ行ってんの？」
「あぁ」
　アイツって……？
　知らない会話が進んでいく。
　内容を聞かなくてもわかる。
　それは明るい話ではないということ。
「まぁ、いいや。荷物は持って帰ってやるから、行ってこいよ」
「わるいな」
　また、帰っちゃうんだ……。
　そう思ったら、星野くんは少しだけ私のほうを向いてひと言だけ言った。
「じゃあ」

「うん、またね」
　少しさみしく思いながらも、私は去っていく彼の背中を見つめていた。
「心ちゃん、俺らもそろそろ帰りますか」
「うん……」
「どうかした？」
「星野くん、前もあんなことあったけど、なんかあるの？」
　聞いてはいけないことか、いいことかは、聞いてみなければわからない。
　でも本人に聞くよりも、よく知っている佐野くんのほうが教えてくれるような気がした。
「病気の幼なじみがいてさ、アイツほっとけねぇんだと」
「そっか」
　これ以上深くは聞けなかった。
　ただ私の心には、チクリとなにかが突きささったような気がした。

*交流キャンプ

　次の日。
　ついに交流キャンプの日がやってきた。
　理沙ちゃんと話しながら、バスにゆられて１時間。
　ついて降りてみたら、そこは山奥のキャンプ場で……。
「うわぁ～、自然って感じする～。空気おいし～」
　感動で両手を広げて風を感じていると、佐野くんも同じ仕草をしてきた。
「本当すげぇな～」
　その隣には、あくびをする星野くんがいて、こんな日でも彼は眠たいらしい。
「じゃあ、早くご飯作ろう～!!」
　理沙ちゃんも気合いが入っていて、私たちはさっそく準備に取りかかった。
　野菜の皮むきは理沙ちゃん。
　野菜を切るのは私で、煮たり混ぜたりするのは星野くん。
　佐野くんには水をくみにいってもらったり、お皿の準備を頼むと、みんな気合いを入れて動きだす。
　星野くんも、意外と気合いが入ってるみたいで……。
「ほ、星野くんっ！　まだ野菜も入れてないから、鍋(なべ)の前で立ってなくていいよ」
　なにも入れてない段階で、彼は鍋を見つめていた。
　理沙ちゃんが皮をむき終えた野菜を、私がトントンと

切っていると、水をくみにいった佐野くんがなかなか帰ってこないことに気がついた。

　どうしたんだろう……。

　すべての野菜を切り終えた私は手を洗うと、水がくめる場所まで向かった。
「ふざけないでっ!!」

　──パシン。

　いきなり聞こえてきた怒鳴り声。

　木からひょっこり顔を出すと、5人くらいの女子が佐野くんをかこんでいた。

　ほかのクラスの女子だろう。

　話したことはないけれど、見たことある人ならいる。

　女子がかこむその中を見れば、佐野くんが頬を赤くはらして立っていた。

　なに……？

　慌てながらも見ていると、女の子が感情的になっているのがわかる。
「いろんな人と付き合って、私たちのこと、なんだと思ってんの？　人の心もわからない最低男っ!!　あんたなんか、いなくなればいいのに!!」

　そうやって、女の子が手をふりかざした時、私はいても立ってもいられなくなって、とっさに止めに入った。
「やめて……!　そんなこと言わないで!!」

　私は女の子の手をぎゅっとつかんで言う。
「佐野くんは最低なんかじゃないよ。こんなおおぜいでか

こんで暴力をふるうなんてひどいよ」
　相手の逆鱗(げきりん)に触れないように、言ったつもりだった。
「言いたいことがあるなら、ひとりずつ言おう？　ね？」
　しかし、その言葉は逆に火をつけてしまったみたいで。
「関係ないやつが出てくるな‼」
　ビンタする手は、私に向いてきた。
　手をふりかざされて、ぎゅっと目をつぶる。
　すると。
　――パシン。
　佐野くんは、その手を取って低い声で言った。
「心ちゃんに手出すな。俺なら、いい。だけど関係ない人を巻きこむなんておかしいだろ」
　それはいつもの佐野くんの声とはまるで別物で、少しわくなってしまう。
　女子もその声にビックリしたのか、少し肩を縮(ちぢ)みこませながら言った。
「もういいわよ！」
　彼女たちは、その言葉を残して去っていった。
　シーンと静かになった場所で、佐野くんは言う。
「ごめんなぁ、巻きこんじゃって」
「ううん、それより大丈夫？」
「うん、平気」
　ハンカチを取りだして水にぬらし、佐野くんに渡す。
「これ、使って」
　私がそう言うと、佐野くんは少し切(せつ)なげに言った。

「心ちゃんって、こんな俺にも優しいのな〜」
「え？」
「最低って言われるのもわかってるんだ。付き合ってはフって、付き合ってはフってって、くり返してるのも事実だし。好きになれるかなっとか思って付き合うけど、実際俺も、初恋とかまだなのかもなあ〜」

　はじめて聞いた佐野くんの本音。
　たくさんの人と付き合ってる人が、恋を知ってるとはかぎらないんだ。
　でもね。
「佐野くんは佐野くんでいいと思うな」
「なんで？」
「優しいよ、元気だし、一緒にいて楽しい！　佐野くんは佐野くんらしく探していけばいいじゃんっ！」

　いつも元気な彼は、絶対に誰かに元気を与えてる。
　そんな彼が少し悲しそうな顔をするのを見たくない。
「心ちゃん、言うねぇ〜」
「へへっ」

　おちゃらけた表情に戻った佐野くんは、「戻るか」と言って、水をくんでふたりがいる場所に向かった。
「ちょっと〜、なにしてたの〜！」
「遅い」

　ふたりから文句を言われるのは当然だ。
「ごめん、ごめん」
　私は慌ててシチュー作りに取りかかった。

鍋で肉と野菜をいためてから煮こんでいく。
　そして、順序よくシチュー作りを進めていくと、しばらくしていい匂いがしはじめた。
　しばらく煮こんで、シチューは完成。
「なかなかのできだな」
「佐野は水くみしかしてないじゃ～ん！」
「それも大事な役割だろ」
　理沙ちゃんと佐野くんが、わーわーと言い争っている。
　私は佐野くんが元気になったことに安心して、笑顔でシチューをよそってた。
　すると、突然、星野くんが私の近くに来てたずねた。
「さっき佐野となんかあったのか？」
「えっ、ううん、とくになにも」
　いつも佐野くんが星野くんに絡（から）むと、ウザったそうな顔をするけれど、ふたりは幼なじみ。
　小さい頃から一緒なんだから、なんかあったら心配するよね！
　温かい気持ちになりながら、温かいシチューを食べると、さらに心はほっとする。
「ごちそうさまでした」
　シチューを食べ終え、お皿洗いをしている時、今度は星野くんがいないことに気がついた。
「ごめん、これふいてもらっていい？」
「オッケー」
　私はお皿を理沙ちゃんに託（たく）して、星野くんを探しにいく。

すると、彼は青々と生い茂る芝生の上で横になっていた。
「星野くん」
　彼の隣に座りこむと、そよ風にさそわれて私も寝転びたくなった。
「うーん、いいね！　芝生の上に寝転ぶの」
「風がいい」
　うん。
　そよそよと爽やかに吹く風が、心を落ちつかせる。
　しばらく横になっていると、眠ってしまいそうだった。
「…………」
「…………」
　この沈黙すらも心地いい。
　星野くんもそうやって思ってくれてたらいいのに。
　そう思いながらチラッと隣の彼を見ると。
　――パチ。
　目が合った。
「な、なにっ……」
　彼も私を見ていたことに驚いて、動揺する。
　ドキドキと心拍数が速くなり、顔の温度が上昇していく。
「べつに……つか、お前が見たんだろ」
　そう言って顔をそらすから、彼も少しビックリしたんだろう。
「さ、最初に見たのは、星野くんだもんっ！」
　まっ赤な顔をかくすようにそらすと、遠くから佐野くんの声がした。

「おーい、こっちでみんなで遊ぼうぜ」
　私はすぐに立ちあがって先に行く。
　交流キャンプの準備と今日で、気づいてしまった気がする。
　まっ赤になった頬に、ドキドキうるさい心臓。
　その人を見て胸がきゅんと動くことが恋というならば、私はやっぱり星野くんに恋しているのかもしれない。
　顔の温度を上げるようなドキドキ。
　彼を見た時、それは起こったから。
　きっと私は彼に……恋をした──。

第2章
はじめてのプリンセス

*照れること

　彼への思いに気づいてから３カ月。
　夏休みをはさみ、会える時間は少なかったけれど、私と星野くんの距離は前より確実に近づいた。と、思う。
「星野くん、おはよう」
「はよ」
　前はあいさつだけだったのが、今では……。
「宿題やってきた？」
「やってない、見せて」
　ちょっと、こんな会話もするようになったり、たまに星野くんから話しかけてくることもあったりする。
　それで、佐野くんと理沙ちゃんがやってきて、星野くんの机をかこんで話すんだ。
　まぁ、女子の視線が痛いこともあるけどね。
　星野くんの席から離れて自分の席に座ると、理沙ちゃんは言った。
「ねぇ、どう？　星野くん。最近仲がいいみたいだけど」
「どっ、どうって……？」
　最近では「星野くん」という単語にちょっと弱い。
　好きだと気づいてしまってからは意識して、過剰に反応しちゃったりもする。
「気持ちははっきりしたのかってことよ〜。好きなの嫌いなの？　どっち？」

そんなギラギラした目で聞かなくても……。
「嫌いではないけど……」
「ダーメ。はっきり答えて」
　きっとこんなに聞いてくるってことは、理沙ちゃんはもう気づいてるんだろうなぁ。
「好き……です」
　観念(かんねん)して小さな声で言うと、理沙ちゃんはにっこり笑った。
「うん、だと思った。私、協力するからっ！」
「え、そんないいよっ！　私はべつに見てるだけで……」
「そんなのダメだよ！　せっかく気づいた初恋なんだから、なんとしてでも叶(かな)えなきゃ」
　そう言うと理沙ちゃんは、鼻歌を歌いながら席についた。
　初恋が星野くん……。
　はじめての気持ちはぽわぽわと温かいけれど、正直自分が星野くんと付き合えるなんて想像もできない。
　そんなことを考えながら過ごしていたら、授業はいつの間にか始まっていたようで……。
「おい、松山聞いてるのかっ！」
　私は数学の先生に注意をされた。
「す、すいませんっ」
　慌てて謝るけれど、相手がわるかった。
　数学の先生はよりによって鬼教師。
「よし、じゃあ宿題はやってきたんだろうな。黒板に答えを書いてみろ」

「はい……」
　顔をうつむかせながらノートを持っていこうとすると。
　——はっ!!
　朝、星野くんに貸してしまったことに気がついた。
　ど、どうしよう……。
　昨日ただでさえ解くのに時間がかかったのに、今即興(そっきょう)で解くなんてムリだよ……。
　そう思って立ちつくしていると。
「なんだ、お前宿題もやってないのか」
　先生の鋭い言葉が飛んでくる。
　あきらめて謝ろうとした瞬間。
　——ガタッ！
　イスを引く音がして、カツカツとこっちに近づく足音が聞こえた。
　その足音は私の前で止まり、上からノートが落ちてくる。
　そして。
「すいません、コイツの借りてました」
　低い声が先生に向けられると、先生は言った。
「宿題を見せてもらうのはよくない。貸すほうも貸すほうだ」
　私、たぶん数学の先生に好かれていないんだと思う。
　なにも言えずにうつむいていると、星野くんはもう一度言った。
「俺が無理やり取ったんっす。すいませんでした」
　え……っ。

第2章　はじめてのプリンセス　>> 73

　無理やりなんて取られてないのに。
　もしかして、私のことかばって……？
「まぁ、いいが。ふたりは今日の放課後、数学準備室に来なさい。手伝いをしてもらう」
　けっきょく罰を与えられたものの、みんなの前でこっぴどく怒られずにすんで、授業は進んだ。
　チラリと星野くんを見て、うしろ姿にありがとうと言う。
　あとで言えばいいのだけれど、なんか今無性(むしょう)に伝えたくなった。
　伝わらないんだけどね。

「おーい。なにやってんだよ、ふたりして〜」
　授業が終わると、さっそく私のところにやってきた佐野くん。
　星野くんもあとからやってきて、佐野くんに言う。
「うるせぇよ」
　すると、今度は私のほうに向きなおって謝った。
「わるかった」
　そんなこと、ぜんぜんいいのにな。
　むしろ、かばってくれたのがうれしかったし。
「放課後は俺ひとりでやるから」
　ふふっ、星野くん気にしすぎ。
「べつに……」
　私がそう言うと、きょとんとする星野くん。
「そういう迷惑のかけられ方は嫌いじゃない」

いつか星野くんが言ってくれた優しい言葉。
覚えてくれてるかな。
なんて、ニヤっと星野くんを見ると、彼は優しく笑った。
「ふっ、パクんなよ。つか、使い方ちげーよ」
ドキン。
その笑顔が好き。
もっと見たい。
私も笑顔になって、星野くんを見ていると。
「なになに〜。なんだよ、パクんなって。ふたりだけの合言葉みたいなのあんの？」
佐野くんが聞いてきた。
「そんなんねぇよ」
ツンとして答える星野くんを見て、くすりと笑う私。
罰として行かなきゃいけない数学準備室は、私にとって楽しみなことになった。

そして、放課後。
私と星野くんは、先生に言われたとおり、数学準備室に向かった。
「失礼します」
「お〜、ちゃんと来たな。今回お前らには、次の授業で使う教材のホチキス止めをしてもらう」
「はーい」
気だるげに返事をして、その教材を抱えて教室に戻る。
私たちは誰もいなくて静かになった教室で作業を始めた。

カチャ、カチャ、とホチキスの音がひびく。
　もともと無口な星野くんは、作業中あまり話をしないけれど、私はその空間も心地よかった。
「お前さ」
「ん？」
　ふと、星野くんが疑問を投げかけてくるから耳を傾ける。
「キャンプの時、渉のこと励ましたんだって？」
「ん？　佐野くんのこと？」
「あぁ、渉が言ってた」
　あれが励ましたうちに入るのかはわからないけど、佐野くんが言ってたなら、そうなのかな？
「そう……かな？」
　すると星野くんはパチパチとホチキスを止めながら、不思議なことを聞いてきた。
「ふーん。お前、渉のこと好きなのか？」
「なっ！　そんなんじゃないよ！」
　まさか、そんなことを聞かれるなんて……。
　励ましたりすると、好きってことなのかな？
　そしたら私、星野くんのことたくさん励ましたい。
　って思っちゃう……。
　って、いやいや、そういう話じゃないよね。
　それよりも気になったことがある。
「あのさ、星野くん。お前、お前って言いすぎ。私の名前、ちゃんと知ってるの？」
　私をお前と呼ぶ星野くん。

他人にあまり興味がなさそうだから、もしかしたら私の名前も覚えてないんじゃないかって不安に思って聞いてみると、彼はまっすぐ私を見て言った。
「心、だろ」
ドキンーっ。
星野くんはホチキスを握ったまま手を止めて、私を見ている。
「……っ」
その視線に呼吸が止まってしまいそうになって、ドキドキする。
名前……呼ばれた……。
名字で返ってくると思ったのに、急に名前で呼ばれてビックリして顔が赤くなる。
なにを言ったらいいかわからなくて、ただ星野くんを見つめていると、彼は言った。
「なん、だよ。お前すぐ顔赤くなる、から」
星野くんが目をそらしながら、めずらしく顔を赤くする。
そんな表情を見ていたら、私の赤い顔がさらに熱くなった。
「だって、星野くんが照れること、言うから」
これは星野くんがわるい。
お互いなんかうまく話せなくなって沈黙すると、その沈黙はキャンプの時とは違って、少し気まずいものとなった。
そりゃ照れるよ、急に名前なんかで呼ばれたら。
「入学式の日」

「え?」
「目立ってたろ、変わった名前って」
　あぁ、そうだ。
　あの時も少し目立って、嫌な思いをしたんだった。
「本当嫌だよね、こんな名前だから変に目立つの」
　私が口をとがらせて言うと、星野くんは言った。
「なんで?　いい名前じゃん」
「え……、ほんと?」
「あぁ」
　どうしよう。うれしい。
　自分ではあまり好きではなかった名前が、星野くんの言葉で一瞬にして好きになる。
　心臓はきゅんっと音をたてて、うれしい気持ちを知らせる。
　――ドキ、ドキ、ドキ。
　そして、星野くんを好きなことを実感させるんだ。
　今日、気づいたこと。
　恋には、2種類のきゅんがある。
　小さなきゅんと、大きなきゅん。
　そのふたつにはどういう違いがあるのか、いまいちわからないけれど、どちらも星野くんを好きだと思った時に起こるんだ。

*王子様

　星野くんとの距離がちぢまってきたような気がした矢先に、私は衝撃的な言葉を聞いてしまった。
「なんか、星野くんって彼女いるらしいよ」
　偶然、クラスの子たちが話している会話が耳に入ってしまった。
「だって、隣のクラスの子がすごいかわいい子と歩いてたって言ってたもん」
「マジで？　だから彼女いるのって聞いたら、答えてくれなかったんだ」
　まだ授業が始まる前から、ずんと落ちこむ私。
　彼女がいるなら、アピールしようもないじゃんか……。
　顔をふせていると、佐野くんがやってきた。
「心ちゃーん、なんか沈んでね？　なんかあったら俺相談のるよ〜」
「あ、うん……ありがと」
　一瞬、佐野くんに聞いてみればいいじゃんとも思ったけど、やっぱりこのことを本人じゃない人から聞くのはよくないし。
　はぁ……。
　でも、そしたらどうすればいいんだろう。
　自分で聞けるなんて思えないし……。
　そんなことを考えていると、1時間目の授業開始を知ら

せるチャイムが鳴ったため、佐野くんは席に戻っていった。
　１時間目は現国かぁ……。
　教科書、教科書っと。
　ゴソゴソと机の中をのぞくが教科書はない。
　あれ、おかしいな。
　絶対机の中にあるはずなのに……。
　すでに始まっている授業を無視して、必死で机の中を探しても、それを見つけだすことはできなかった。
　私、教科書どうしたっけ？
　誰かに貸した覚えもないし、持って帰った覚えもない。
　そんなことを考えている間に、私は先生からタイミングわるくあてられてしまった。
「じゃあ松山、このページを音読してくれ」
「す、すいません……っ、教科書忘れました」
　けっきょく教科書が見つからなかった私は、先生から叱られることに。
「まったく、たるみやすい時期だがしっかりしろよ」
「はい……」
　はぁ……なんでこうなるんだろう。
　なんか今日はツイてないかも。

　授業が終わると、理沙ちゃんがやってきて言った。
「心が教科書忘れるなんてめずらしい〜」
「忘れたんじゃないんだよね……なんかなくなっちゃって」
「教科書なくなるって、めったになくない？」

「うん……でも、さっきいろいろ見たけどなくて」
「じゃあ、家に忘れたんじゃない？　私も最近忘れ物が多くてさ……先生もたるみやすい時期って言ってたし、気が抜けるのも仕方ないよ」
「うん……」
　そのまま２時間目を受けた私。
　そのあとも教科書を探したけれど、出てくることはなかった。
　おかしいな……。

　昼休み——。
　お昼のお弁当を理沙ちゃんと一緒に食べていた時、
「心ちゃん、ちょっといい？」
　佐野くんが私を呼んできた。
　わざわざ教室から出て、私を呼ぶからなんだろうと思っていると。
「これ、さ」
「あ、私の教科書」
　佐野くんは深刻な顔をして、私の国語の教科書を持っていた。
「ちょっと言いづらいんだけど、ゴミ箱にあったんだよね。落としたとかじゃないよね？」
「落としては……ない」
　仮に落としたとしても、名前の書いてある教科書をゴミ箱に入れる人はあまりいないだろう。

と、なると……だいたい見当はつく。
　最近よく女子たちから冷たい視線を感じる。それは星野くんと話している時にかぎって。
「心ちゃん、もしかしてイジ……」
「大丈夫、大丈夫。ほらよく考えてみると、落としたかもっとか思ったし、記憶が曖昧だった！　ごめんね、佐野くん。ありがとう」
　私は佐野くんの手から教科書を受けとると、教室に戻った。
　──ガラ。
　教室のドアを開けると、なんだか注目されてるような気がして、心臓がドクドク言う。
　すると立ちどまっている私に、理沙ちゃんが声をかけてくれた。
「どうした？」
「あ、教科書があったからさ」
「よかったじゃん！　どこにあったの？」
「落ちてたって、ドジしちゃったみたい」
「なんだ～」
　笑ってそう言う理沙ちゃんを見て、安心する。
　心配かけたくないし……。
　こんなのは、飽きればすぐに終わるよ。
　私はそう思いこむようにして、授業に集中した。

　しかし、それは次の日も、また次の日も起こった。

２日目は数学のノートで、次の日は体操服。
　置いて帰るのをやめ、ぜんぶ持ち帰ると、数日後はうわばきをかくされた。
　もう嫌だ……っ。
　誰がやっているのか、わからない。
　でもたしかにクラス内にいて、もしかしたら、理沙ちゃん以外の全員がやっているんじゃないかと思って、こわくなった。
「ねぇ、最近の心おかしくない？　うわばきどうしたのよ」
「忘れちゃって……」
「だって、持って帰る必要ないじゃん」
「洗いたかったの」
「体操服は？　ここのところ、ずっと違う人の着てるじゃん」
「洗ったら、家のどこかに忘れちゃって」
「ウソだよ。心、そんな性格じゃないじゃん」
　最初はかくせたものの、じょじょに理沙ちゃんにも怪しまれて……かくせなくって、それ以上に私も限界で……。
「……っく」
　私は泣きだしてしまった。
「なにがあったの？」
　優しく聞いてくれる理沙ちゃん。
　そしたら、その様子を見た佐野くんもかけつけてきた。
「やっぱりあのことか？　俺も探したんだけど犯人見つからなくて」

「あのこと……!?　佐野、くわしく教えて」
　佐野くんの話にうん、うんと、深刻なあいづちを打ちながら聞く理沙ちゃん。
　ふたりの優しさに、私は顔をふせて泣いた。
　話を聞き終えると納得したようで、理沙ちゃんは頭をなでてくれた。
「つらかったね」
　そして理沙ちゃんは言う。
「ちょっと、アンタも黙ってないでなんか言いなさいよ」
「わりぃ……」
「……っ!?」
　突然、頭の上から聞こえてきたのは、たしかに星野くんの声で、うつむいていたから、いつここに来たのか私はわからない。
　けれど、今この話を聞いてほしくなかった。
　だって、この犯人はきっと……。
「アンタのせいでもあるんだからね。私はまだ彼氏がいるからターゲットにされなかったけど、心はフリーなんだから、モテる星野くんと一緒にいたら嫉妬されてこうなるのは当然じゃないっ！」
　理沙ちゃん、そんなにはっきり言わなくても……。
　すると、星野くんは言う。
「俺といるといいことねぇし、かかわんないほうがいい」
「そうじゃないでしょ!!」
　理沙ちゃんが持っている教科書で、星野くんの頭をたた

いた。
「ひとりなんだから、守ってあげなさいよ。心の王子様になるぐらいしなってことよ!」
　王子様……。
　星野くんが、そうであればいいのにと思う。
　だけど、そんなのは自分勝手なことだ。
　自分が好きで一緒にいたんだ。
　女子の目に気づいていても、離れたくないと思ったのは自分。
　そして、彼女がいるかもしれない星野くんに、そんなことを思うのはダメだよね。
「みんな、本当にごめんね。話聞いてもらったら、すっきりしたから、もう大丈夫」
　私が顔を上げてそう言ったら、3人は私に向かってこう言った。
「「「なに言ってんだ、バカ」」」
　え……?
「ここまで聞いて、助けないなんてありえないでしょ!」
「心ちゃん友達だろ?　頼むぜマジで、頼ってくれよ」
「俺だって、そんな薄情じゃねぇよ」
　3人が私にかけてくれる言葉が温かすぎて、私はもう一度泣いた。
　迷惑をかけないことが、友達なんじゃないんだね。
　あまえても、頼ってもいいんだね。
　性格上、なかなか人に頼れない私は、まわりに迷惑をか

けないことが友達なんだって思ってた。
　そうやって、まちがえて覚えていた。
「ありがとう……っ、みんな」
　涙でぼやけながらも、優しい顔をしてくれる３人を見て、私は笑顔になった。
「じゃあ、とりあえず先にうわばきを探しましょ」
「そうだな」
「私と佐野は２階を見るから、星野くんと心は１階の昇降口とかお願い」
　理沙ちゃんの言葉にうなずき、手わけして探そうと１階に下りた時、星野くんは言った。
「わるかったな、本当」
「星野くんのせいじゃないよ」
　こんなことを謝る星野くんにも、申し訳ない気持ちになった。
「中学の時もあったんだ、そんなようなこと。だから本当は、一緒にいてほしくない」
　前に言っていた言葉。
　自分のことが好きな人が嫌い。
　その本当の意味が、少しわかったような気がした。
　だけどね、星野くん。
「そんなこと言わないで……！」
　そんなさみしそうな顔、しないでほしい。
　そんなんで、距離をとらないでほしい。
「一緒にいたいよ。イジメられても一緒にいたい」

それは大好きな友達であり、大好きな人だから。
　私が真剣に顔を見てそう言うと、星野くんは笑った。
「ふっ、お前って変なやつ」
「ひどい……」
「うっせ、探すぞ」
　それから、ふたりでいろんなところを探した。そして、昇降口に戻ってきた時。
「ねぇ、どうすんのよ、松山心のうわばき。持ってるのもなんだから、捨てちゃえば？　またあのゴミ箱にさ」
　その声は、下駄箱の裏から聞こえてきた。
　そうか、この裏に犯人がいるんだ……。
　やめてって言わなくちゃ。
　でも、いざ行こうとするとやっぱりこわい。
　足がすくんでその場から動けなくなった時。
　ダン――っ！
　その大きな音は裏側で聞こえた。
　思わず私もかけつける。
　すると。
「返せよ、うわばき」
　よく目が合っていた女子たち３人を、すごい形相（ぎょうそう）でにらみつけている星野くんがいた。
　彼女たちはビクっと肩を持ちあげる。
「俺、そういうことされんの、一番嫌いなんだけど」
「ごめん……っ、星野くん。でも私たち、星野くんのことが……」

「そういうの、ウザい。つか、まずちゃんと本人に謝ってから言えば？」
　いつも眠たげな彼からは、想像もできない表情。
　こんな男の子らしい表情をするんだ……。
　少しこわいけれど、それも愛しいって思う。
　この感情が「好き」ってことなのかもしれない。
「「「ま、松山さん、ごめんなさい……」」」
　3人は星野くんのその表情に焦ったようで、いっせいに謝ると、私の返事も聞かずにうわばきを置いて逃げていった。
「ちっ、アイツら……逃げやがって」
「もういいよ。見つかったし、安心した」
　星野くんは、床に落とされたうわばきを拾って、私の足の前に差しだす。
「はけよ」
　その様子は、シンデレラがガラスのくつを合わせる時のようだった。
　運命の王子様。
　いつも自分だけを守ってくれて、幸せな恋をする。
　そんな相手が星野くんだといいと思った。
　ガラスのくつではないけれど、ゆっくりと足を通す。
　ピッタリなのも当たり前。
　だけれど、星野くんの顔を見て私は言った。
「星野くん……私、星野くんが好き……っ」

*ニセモノ

　はっと我に返ったのは、下校するために、人が下駄箱を通ったから。
　言うつもりのなかった言葉を言ってしまった。
「あっ……の」
　訂正をしようと思っても、なんて口に出していいかわからず言葉につまる。
　頭がパニックになって慌てていると、星野くんは言った。
「それ、今俺が助けたから、お前が言う王子様みたいなのに見えて言ってるんじゃないの」
　この言葉を言われることに慣れているみたいな、動揺もしない表情。
　その顔は少し冷たくも見える。
「そう……かな」
　まっすぐ私を見る目に射ぬかれて、考えもしないで言葉を紡ぐ。
「きっとそうだよ」
　そうだよ、と言われれば、そうなのかなって思った。
「そっか……」
　私の初恋はあっけなく、幕を閉じた。

　それから、私たちはなにごともなかったかのように、佐野くんと理沙ちゃんのところに戻った。

すぐに納得して、あっけなく終わらせてしまったのは、本心を聞くのがこわかったから。
　それと、もうひとつ。
　星野くんの言葉に反論できなかったから。
　もしかしたら、そうなのかもしれないと思った。
　助けてくれたこと、うれしかったことがいっぱい重なって、王子様みたいに見えて、好きだとカン違いしただけなのかもしれない。
「いたいた、心。うわばきも犯人も見つかって、一件落着《いっけんらくちゃく》だね」
「うん、いろいろありがとね。佐野くんも星野くんも」
　告白ってこんなもの、なんだ。
　もっとみんなの前で発表する時みたいに、緊張するものだと思ってた。
　言うぞ、言うぞって意識して言うものだと思ってた。
　こんなにポロっと出ちゃうなんて……。
「じゃあ、俺用事あるから」
「あ、うん、また明日ね」
　俺も行こう、って言いながら星野くんのあとを追う佐野くんの背中を見送ってから、私たちはふたりで帰ることにした。
「ねぇ、私としては今日気をきかせて、ふたりきりにしたんだけど、どう？　なんかあった？」
　帰り道、理沙ちゃんはワクワクと楽しそうに聞いてくる。
　期待を裏切っちゃうのは本当に申し訳ない。

「私、今さっき星野くんに告白した」
「ええっ!! ちょっとどういうこと？ なんで!? さっきめっちゃ普通だったじゃん」
　私の急な言葉に驚く理沙ちゃん。
「うん、なんか思わず言っちゃったような感じだったから、助けてもらって王子様みたいに見えて、カン違いしてるんじゃないかって言われた」
「なにそれひどい！　なんか言わなかったの？」
「そのとおりなのかなぁって……」
「なんで！　そんな気持ちじゃなかったじゃん」
「だって……実際、あんなに簡単に告白しちゃったんだよ？ 彼女が本当にいるのかだって聞いてない、告白の言葉も考えてない、そんなんで言った気持ちって、本当に好きだって言えるのかな？」
　これは、私がカン違いしたニセモノの恋だ。
　カッコいい、優しい星野くんを、好きなんだと思ってしまっただけ。
「違うよ、心……」
　すると、理沙ちゃんはつぶやいた。
「告白は準備して、意識して言うものと、無意識につぶやいてしまうものがあるんじゃないかな？」
　歩きながら、自分の足もとを見ていう理沙ちゃん。
　私たちの足音がひびく。
「だって『好き』って気持ちを言葉にしたら、それはもう告白でしょ？」

……そう、だ。
　好き、言いたい、伝えたい。
　それが積みかさなって出た言葉。
　それがたとえ無意識でも、言うつもりがなかったとしても、出てしまった言葉に偽りはない。
「それにね、好きだって思うのも、カッコいい、優しいっていうのも、好きな理由にしていいと思うんだ。人それぞれの好きがある。だったら、そのぶん理由があってもおかしくないよ」
「うん」
　理沙ちゃんの言うとおりだ。
　恋に形なんてない。
　自分が好きだって思ったら、それはまぎれもなく恋なんだね。
「私……もうちょっと頑張ってみる。このまま、なかったことにするのは嫌だから」
「うん、頑張れ！」
　そう言葉を交わし、私たちは自分の家へと帰っていった。
　もう１回、頑張ってみる。
　簡単にこの気持ちをあきらめたりしないんだ。

　そして、次の日——。
　しっかりと下駄箱に入っている、うわばきをはいて教室に入り、教科書がちゃんとあることを確認してから、私は星野くんに話しかけにいった。

「おはよう、星野くん」
「はよ」
　いつもと変わらない彼を見て、安心する。
　やっぱり言うのは、自分の気持ちが整ってからがいい。
「昨日は用事あったのに、ごめんね？」
「いや、べつに。それより今朝は？」
「うん、なにもされてないよ！」
「そっか」
　言葉が足りない彼が、なにを言おうとしているのかわかる。
　そんな関係も大事にしていきたかった。
　席について、1時間目の準備をしていると。
「心〜、どう、平気そう？　星野くんもイジメも」
　理沙ちゃんがひっそり聞いてきた。
「うん、どっちも平気そう。星野くんは今日あらためて話してみてわかったよ。やっぱり好きなんだなって」
「そう、よかった」
　教室に入る時、一番最初に見つけるのは星野くん。
　授業中、ちょっと意識がそれた時、チラッとよそ見をして目で追うのも星野くん。
　そうやって無意識に私は、彼が好きなことを動作で表していたんだね。
　——キンコーンカーンコーン。
　1時間目の授業。
　机にちゃんとある教科書に安心して、自分が本当に星野

くんを好きだってことを実感できて、私は集中して授業を受けた。
　休み時間になると、佐野くんも私のところにやってきて、心配してくれる。
「なぁ、平気？　なにもされてねぇ？」
　本当にいい友達を持ったなって思うの。
「大丈夫だよ！」
「そっか、よかった〜。なんかあったら、すぐ言えよ？　俺、心ちゃんの王子様になるから」
　その、決め顔に苦笑いする。
　佐野くんは私がキャンプの時にかばってから、なにかと助けてくれるんだ。
　借りは返す主義だ、なんて言っていたけど、もう十分返してもらったよ。
「そーいやさ、心ちゃん」
「ん？」
　すると、おちゃらけていた佐野くんが一転、真剣な表情になった。
「昨日、翼となんかあった？」
「昨日……」
　思い出されるのは告白しかない。
「なんで？」
「あ、いや〜、昨日の翼、なんかぼけーっとしてたからよ。アイツと会ってる時も……っていや、そう、とにかくぼけっとしてたんだよ」

私は、星野くんがぼーっとしていたことよりも、時々話に出てくる『アイツ』が気になってしまって仕方なかった。
　やっぱり星野くんの彼女なんだろうか。
「昨日はとくに、なにもないよ」
　傷つきながらもバレないようにウソをつくと、佐野くんは笑う。
「だよな、気のせいか」
　それからずっと頭の中は『アイツ』と呼ばれる人のことでいっぱいだった。
　見えない存在の人なのに、その人が私の中で大きくなっていく。
　恋っていうのは、いいことばかりではない。
　星野くんの彼女かもしれない人を想像して、苦しくなって、嫌になっていく。

　そんな話を誰かに聞いてもらいたくて、放課後、理沙ちゃんに話しかけた。
　けれど。
「ごめん、今日は周ちゃんがここまで迎えにきてくれるから、一緒に帰れないんだ。本当ごめんね～」
　うう……。
　こうなっちゃうなんて。
　仕方なく私は帰る準備をして、ひとりで校舎を出ると、夕焼けで空が赤く染まる中をとぼとぼ歩いた。
　すると。

「心ちゃん、発見〜！」
　うしろから陽気な声が聞こえてきたと思ったら、肩をたたかれる。
　ふりむけば、それはスクールバッグを背中にしょっている佐野くんだった。
「心ちゃん、ひとり？　めずらしいね」
「うん。佐野くんもひとり、めずらしいね」
　いっつも女の子と帰っているイメージが強いから。
　あ、でも最近はあんまり見ないかも？
「そ、今日は誰もいないのさ〜。心ちゃんも理沙ちゃんにフラれたんだろ」
「うるさいなあ」
　口をとがらせて歩けば、さっきまで沈んでいた気持ちが少し明るくなる。
　隣に明るい人がいるってだけでも違う。
　人は人に影響を与えていくものなんだって、つくづく思った。
「星野くんはいないの？」
「あー、アイツはまた先帰ったよ〜。最近忙しそうでさ」
　そうなんだ……。
　モヤモヤした気持ちが、また簡単に生まれる。
「せっかくだしさ、このまま遊ん……あっ！　おーい！」
　話の途中で、誰かに気づいたのか、手をふる佐野くん。
　私もその視線を追いかけてみれば、そこにいたのは星野くんだった。

「翼〜！」
　ドクンと心臓が音をたてる。
　それはいつものように心がポカポカするものとは、違った。
「彩花もおっす！　つか、お前らまた一緒かよ〜」
　星野くんの隣には、かわいいいワンピースを着たとても小さい女の子がいた。
　ドク、ドクと心臓が強く胸を打つ。
「お前も、いいかげん離れろよなぁ」
「渉には関係ないもんっ」
　声も、仕草もなにもかもかわいくて、見た瞬間からすぐに勝ち目なんてないと思った。
「あれ、渉の隣の子は？　もしかして彼女？」
　ぱあっと顔を明るくするその子は、私でもドキッとしてしまうくらい女の子っぽい。
「じゃあ、私たち、早く退散したほうがいいね」
　星野くんの腕をぎゅっとつかんで「行こう」と言う彼女。
　嫌だ、嫌だ。
　鼻がジーンとして、目がうるんでしまいそうになるのをこらえて、私はふたりに背を向けて走りだした。
「ちょ……！　心ちゃん!!」
　うしろから佐野くんの声がする。
　こんなことをしたら絶対に不自然だってわかってるのに、泣きだしてしまいそうな気持ちを抑えられない。
　悲しい、苦しい。息ができない。

なにも考えずにただ夢中で走って、芝生のある公園で私は石につまずいて転んだ。
「痛いっ……」
　痛いのは、すりむけた足よりも心のほう。
　苦しいのは走ったからじゃなくて、星野くんの彼女を見たから。
「えっく……」
　人目も気にもせず、転んだまま泣いていると。
「お姫様、それじゃあ、お洋服が汚れてしまいます」
　私の頭の上から、そんな声がした。
「佐野く……っ」
　私の手をつかんで、ゆっくりと立ちあがらせてくれる。
　そして、そのまま芝生の上に座りこむと、佐野くんは言った。
「さ、さ、お姫様このハンカチで泥をぬぐってください」
　泣いている私に話しかける佐野くんは、どういうキャラなのかわからない。
　でも、返事はできなくて、黙ってそのハンカチを受けとると、私は佐野くんに言った。
「佐野く……これ、あたしのハンカチだよぅ……」
　この前、私が佐野くんに貸したハンカチ。
　すっかり忘れてたけど、それはキレイに折りたたまれていた。
「返しそびれちった」
　ぐす、ぐすっと鼻をすする私に、佐野くんは前を見てつ

ぶやく。
「心ちゃんの好きな人、翼だったのな……」
　小さなつぶやきは、私だけの耳に届いて残る。
「心ちゃんのことキュンっとさせるやつがアイツね……アイツは王子ってガラじゃねぇな。女心もわかってねぇし、それだったら俺のほうがぜんぜんよくね？　とか言って〜」
　ひとりでベラベラ話す佐野くんは、私のことを元気づけようとしてるんだってわかった。
「…………」
　だけど、それもやがては静かになって、泣いている私の頭をポンポンとなでる。
「泣くなよ、心ちゃん」
「佐野くん……っ」
　すると佐野くんは突然、私の気持ちを確かめるように聞いてきた。
「翼のこと好き？　めっちゃ好き？」
　だから、私は迷うことなくうなずく。
　好き、きっとめっちゃ好き。
「そっか……じゃあ、教えてあげる」
　佐野くんはそう言うと話しはじめた。
「翼はさっきの子と付き合ってるわけじゃないよ。あれは、前に言った幼なじみ。……ただ、アイツはいろんなものを抱えてる」
　いろんなもの……。
「それに、アイツが人のこと好きになったとかも聞いたこ

とがない」
　そっか、たとえ彼女がいないとわかったところで、その恋はつらい恋になる可能性が高い。
　好きだって、気持ちが通じないのは苦しい。
　でも、それでも……。
「もうたぶん、ごまかせない。私が好きなのは、星野くんだから」
　ムリだからって次に行く恋なら、ああやって準備もなしに好きだって伝えてない。
「私は、あきらめるなら、ちゃんと自分の気持ちを伝えてからにしたい」
　なにを聞いたって、どんなことがあったって、星野くんを好きなことには変わりない。
「心ちゃん一途〜！　すっげぇな！　そんな子に愛されてみてぇわ」
　もう泣かない。
　今度泣くのは、しっかりと気持ちを伝えてからだ。
　差しだされたハンカチは自分のものだったけれど、ちゃんと涙を吸いとってくれた。
　立ちあがれば、夕日が赤い。
　そこに雲があったとしても、まっ赤な夕日のほうが輝いて見えた。

*告白

　時期は10月中旬。
　少し肌寒くなって来た頃。
　私の泣きはらした目は、すぐに佐野くんにツッコミを入れられた。
「なんだよ、その目〜」
「うるさい。佐野くん、嫌い！」
　ごめんごめん、って慌てて謝ってくるけど、女の子をバカにした代償(だいしょう)は大きいぞってにらみつける。
　だけど、まぁ……。
「昨日は、ありがとです……」
　隣にいてくれて、よかったと思った。
　きっとあのまま家に帰っていたら、目はこんなものではすまないから。
「で、どうするか、答えは出たの？」
　小さな声で聞いてくる佐野くんに、私は答える。
「今日すっきりさせようと思ってます」
　昨日の今日で早いかもしれないけど、いつまでもうじうじ悩んでいたくない。
　逆にダメならダメで、すっきり友達に戻りたいんだ。
　今日ぎこちなくなってしまったあいさつを、そのままにしたくない。
「そっか、頑張れよ」

「うん」
　ふたりで会話をしていると、理沙ちゃんがやってきて、私に問いつめた。
「なになに!?　心、私に秘密の話はなしでしょ！」
　そんなこと言ってくるから、私は昨日のことを説明することにした。
　帰り道に佐野くんといる時に星野くんと会ったこと。
　かわいい女の子と一緒にいたこと。
　佐野くんが元気づけてくれたおかげで、気持ちを伝える勇気がでたこと。
　すべてを話すと、理沙ちゃんはぎゅっと私に抱きついてきた。
「そんなことがあったのね、心〜。でも、それでいいと思う。初恋なんだから、曖昧に終わらせちゃダメだよ」
「うん」
　大切にしたい、この気持ち。
　だから、しっかりと伝えるんだ。

　放課後になって私は、星野くんのところに向かった。
「星野くん！」
　話があることを伝えようと呼びかけると、星野くんは私を見て少し気まずそうな顔をした。
「あ、の……」
　しかし、いざ言葉にしようとすると、つまってしまう。
　深呼吸して、もう１回言おうと思った時。

「あのさ、ちょっと話さね？」

　星野くんのほうから、そう言ってきた。

「う、うん……」

　驚きながらも返事をして、屋上に行くと、星野くんは少し空を眺めてから言った。

「昨日……」

　やっぱり、そのことか。

「あの、昨日はごめんね。本当いきなり走りだしちゃって」

　慌てて星野くんに謝ると、彼は不思議そうに聞く。

「なんで？」

　なんで、なんて……残酷だ。

　星野くんの隣に女の子がいたのが嫌だった、なんて言えるわけがないのに。

「あの……」

　あぁ、どうしよう。どうやって言おう。

　本当は私から、準備して言うつもりだったのに、まさかの星野くんの言葉に準備していたものが崩れてしまう。

「体調わるいとか」

「ううん……それは、違う」

　必死に考えているうちに、頭がまっ白になって視線をそらす。

「…………」

　ふとできてしまった沈黙に、私は慌ててしまって。

「あ、あの……私、星野くんが好きなの」

　気づけば、そんなことを言っていた。

どうして、またこんなタイミングで言っちゃうんだろう。本当はちゃんと伝えたいことがあるんだって言って、しっかり目を見て、好きだと伝えたかったのに。

　私は、まるで沈黙をうめるかのように告白してしまう。

　こんな告白は嫌なのに。

　なんで私は、しっかり告白することができないんだろう。

　告白も何度も練習できるものならよかった。

　たくさん練習して、ちょっと自分の考えていることと違うことがあっても、動じない心を作ってから言いたかった。

　２回目なのに、しっかり言おうって思ってたのに。

　なんでまた……こんなタイミング。

「あのさ、それはこの前も……」

　私は星野くんの言葉をさえぎった。

「学校に来て、すぐに星野くんを見つけてしまうのは、気になるってことじゃないのかな？　彼女いるのかなって考えて苦しくなっちゃうのは、好きってことじゃないのかな」

　わからないよ、ぜんぶぜんぶ、はじめてなんだ。

　この気持ちも、告白も、はじめてだから。

　どうしたらしっかり伝えられるか、わからないよ。

「星野くんが好きなの……っ、気のせいとか、カン違いとか、そんなんじゃないよ」

　返事を聞くまでは泣かないと決めていたのに、私の目から涙が流れだす。

　なにも言わずに私を見ている星野くんに、私の気持ちが伝わっているかわからなくて戸惑（とまど）っていると、星野くんは

ついに口を開いた。
「なんで、泣いてるの？」
　優しい口調。
　それは、まるで慰(なぐさ)めているかのようだった。
「だって、うまく伝わらないから……っ。どうやったら、ちゃんと伝わるのかわからなくて……」
　涙をぬぐう。だけど目からは涙がこぼれ落ちる。
　それをくり返していると、星野くんが言った。
「伝わってるよ、ちゃんと伝わった」
　低めの彼の声はよく通る。
　伝わったんだって、安心して顔を上げると、そこには困った顔をした彼がいた。
「カン違いだって言って、勝手に決めつけてわるかった」
　真剣に謝る彼をじっと見つめていると、彼はぱっと視線をそらして言った。
「好きとかは、よくわかんねぇ……けど、人に好かれるのは嫌いなのに、お前に好かれるのはうれしいと思った」
「えっ……」
　彼の耳がほのかに赤い。
　なんだか信じられなくて、パチパチとまばたきをくり返せば、星野くんはまたつぶやく。
「俺も、朝、前のドアをよく見る」
　前のドア……。
「お前は必ず前のドアから入ってくる……から」
　私が朝、彼を探す。

それは彼をかこむ女子たちでさえぎられてしまっているけれど、同じように彼も私を見ていたんだ。
「へへっ、それが聞けてよかっ……」
「まだ終わってない」
　彼は真剣な目で見て、私の言葉をさえぎる。
「お前がその気持ちを恋だって言うなら、俺の気持ちも恋……なのかもしれない」
　星野くんの言葉に、息をのむ。
　信じられなくて、目を大きく開けて、絶対意味をわかってないと思う星野くんにたずねる。
「あれだよ、お互いが好きって言ったら、付き合ったりするんだよ。手とかつないだりするんだよ！」
　色気のないのは、もうとっく。
　告白の段階からすでに、かわいさなんて欠片もなかった。
「バカにすんな、そんぐらい知ってる」
　少し顔を赤らめて言う彼に、もう言葉はいらない気がした。
「星野くん……」
　お互いに見つめあう。
　その視線がピッタリ合って、心臓がドキっと鳴る。
　そして、私の手をぎゅっと握る彼の手を、握り返せばもう……。
「好き……」
　言葉なんて、言おうとしなくても出てくるんだ。
　幸せに包まれた屋上で、今日、私に王子様ができた──。

*お付き合い

「はっ？　マジなの？　え、ウソだろ？」

　次の日、佐野くんと理沙ちゃんのふたりに付き合うことになったことを伝えた時に、第一声をもらしたのは佐野くんだった。

　あんなに泣いてたし、佐野くんも星野くんはそういうのに疎いと言ってたから、まさか付き合うことになるとは思ってなかったんだろう。

「本当」

　星野くんがスパッと言う言葉に、私は照れた。

「まぁ、よかったじゃん！　ねぇ、心？」

　理沙ちゃんの言葉にこくりとうなずく。

「そっか、そうだよな！　おめでとう。よかったなぁ！」

　すると、佐野くんも私たちのことを祝福してくれた。

　正直、自分でも驚いてるんだ。

　まさか付き合えるなんてって。

　だけど、朝会ってすぐに目が合って、お互いに少し笑ってっていう仕草で、本当に私たち、付き合ってるんだって実感したの。

　昨日も一緒に帰れて幸せだったし、これからもっと幸せなことが起こるんだろうなぁ……。

「で、さっそくデートとか行っちゃうわけ？」

　理沙ちゃんの問いかけに、私たちは顔を見合わせた。

そう言えば、そんな話とかはしなかったな。
　そもそも星野くんと付き合うって、どんな感じなんだろう？
　星野くんが積極的にデートに誘ってきたりする想像ができないから、あんまり変わらなかったりするのかな。
　ひとりでいろいろ考えていると、星野くんは私に言った。
「今日、一緒に帰る」
　あ、そうなんだ。
　なんて心で思いながら、きっと私、にやけてる。
「ちょっと〜、心、ニヤニヤやめなさいよね〜！」
　ほら、理沙ちゃんに言われちゃったから。
「いいな〜、心ちゃん。でもさ、運命の王子様が翼でいいの？」
「うっせ」
　星野くんが佐野くんにチョップを入れる。
　そんな様子を見ているだけで幸せを感じて。
「うれしいよ……星野くんが、お、王子様って……」
　小さな声でそう言えば、キャーっと高い理沙ちゃんの叫び声と、無理やり高くした佐野くんの叫び声が聞こえた。
「恥ずいから、やめろよ」
　星野くんはぷいっと顔をそらして、自分の机に帰っていった。
　あれ、ご機嫌ナナメ？
　私が不安な顔をして戻っていく星野くんを見ていると、佐野くんは私の思っていることがわかったのか、笑って

言った。
「あー、違う違う。ああいう時、アイツの耳見てみ？ 今もまっ赤だったから。照れてんの、恥ずかしいとすぐああいう態度とるんだよ」
　なんだ、そうなんだ。
　ちょっと安心した。
「嫌だね〜、イチャイチャしちゃって」
　理沙ちゃんはニヤニヤしながらそんなことを言うと、席に戻っていった。
　理沙ちゃんも、早く彼氏ができるといいねって言ってくれてたから、喜んでくれているんだろうなあ。
　うれしいな。報告できて。
　またそれが自分の好きな人で。
　戻っていった理沙ちゃんのうしろ姿を見つめていると、佐野くんが私にあらためて言った。
「心ちゃん、本当おめでとな。正直ムリだと思ってたけど、お前らが付き合ってくれてうれしいわ」
「うん、私もビックリしてる。だけど佐野くんがいろいろ応援してくれたから、頑張ろうと思えたんだ。ありがとうね」
　私が笑えば、佐野くんは親指をぐっと立てて……。
「いいってことよ」
　そう言って戻っていった。
　星野くんをチラッと見る。
　彼は前みたいに朝からかこまれることはなくなった。

たぶん、うわばきをかくされた時に怒ってくれたのが原因だと思うけど……。
　私が星野くんを見ていると、先生が入ってきて授業が始まった。
　その日私は、ポヤポヤしながら授業を受けていた。
　こればっかりは多めに見てほしい。
　だって付き合って次の日なんだもん。
　昨日まで好きだな、伝えられたらいいなって見ていたのが懐かしく感じる。

　そんなふうに授業を受けていたら、すぐに楽しみにしていた放課後の時間になった。
「帰るぞ」
「うん」
　カバンを持って立ちあがり、一緒にクラスを出ると、少しまわりはざわついていたけれど、大丈夫。
　だって、私には大事な友達がいるから。
　なんかあったら助けてくれる。
　逆にその子になにかあったら、全力で助けたい。
　そういう人がいるから大丈夫なんだ。
　校舎を出て、ふたりで歩いていると、とくに意味のある話をしていなくても楽しかった。
「で、数学の鬼教師がね、この前、お前は鈍くさいからって言ってきて……」
「あのさ、松山」

私がたわいもない話をしていると、星野くんはそれをさえぎって言う。
「今度の日曜日……」
「え？」
　小さすぎてよく聞こえなくて、聞き返す。
　すると星野くんは、また小さくつぶやいた。
「どっか行く？」
　今度はしっかり聞こえたその言葉に、私は目を輝かせて返事をする。
「……行く！　行く」
　どうしよう。
　すごくうれしい。
　どちらかというと受け身な彼。
　きっと私からデートも誘わないといけないものだと思っていたから、本当にうれしかった。
「喜びすぎだから」
　気づけば、ぴょんぴょんと体がはねてしまう。
「だって、うれしいんだもんっ」
「どこ行きてぇの？」
「えっとね、えっとね……」
　頭の中でいろいろと考える。
　遊園地も行きたいし、映画も見たい、でも買い物もしたい。
　したいことがたくさんある。
「ふっ、焦んなよ」

そうだ、私たちはまだ付き合ったばっかり。
　これから、いろんなことをしていくんだもんね。
　焦る必要はない。
　それなら、日曜日は……。
「ショッピングしたい!!」
「前に、買いだしでしたじゃん」
「あの時のは買いだしだもん。付き合ってもないし、ショッピングとはぜんぜん違うよ！」
　私がムキになってそう言うと、星野くんは、はいはいと言いながら笑った。
　今度の日曜日、楽しみだな……。
　めいっぱいオシャレして、かわいい格好して、星野くんに見てもらえるようにするんだ。

　そして、日曜日──。
　待ち合わせをした駅前で待っていると、星野くんは少したってやってきた。
「はよ」
「お、おはようございます」
「ふっ、お前っていつも最初はそんなんな？」
　だってなんか、私服姿の星野くんを見ると緊張しちゃうから。
　シュッとしたGパンに黒のジャケットが似合ってる。
「じゃ、行くか」
「うん！」

星野くんはそう言うと、私の手を握って歩きだした。
「え……」
思わずもれた言葉に、彼は顔を赤くする。
「俺だって、こんくらいするっつーの」
耳をまっ赤にして私の手を引く彼に、胸がきゅんと音をたてた。
知らなかった。
新たな一面。
星野くんって、付き合ったら意外と積極的なんだ。
「ついたぞ、どこ見てぇの?」
「えっとね、まずは雑貨屋さん」
近くの雑貨屋さんを指さして私が先に入ると、星野くんも私のあとを追ってきた。
「家のカギにつけるストラップが壊れちゃってね。新しいのがほしいの」
「へぇ」
ストラップがズラリと並んでいるところを順番に見ていく。
「あ……」
すると、すごくかわいらしいストラップを見つけた。
かわいい、ほしい。
だけど、手に取るのをためらう。
だってそれは……カップルがふたりでつけるものだから。
ハートが半分になっていて、ふたつくっつけてちゃんと

したハートができるやつ。
　今カップルの間で、すごくはやってるんだよね……。
　とても星野くんにそんなこと言えないや。
　あきらめて、ほかのものを探していると、うしろから誰かがさっきのストラップを取っていった。
　いいな……。
　カップルかなぁ？
　そう思ってふり返ってみると、それを手に取っていたのは星野くんだった。
「これ、ほしいんだけど」
「えっ」
　ポーカーフェイスでそんなことを言ってくる彼は、きっと気づいていた。
　私がほしいと思っていたこと。
「いい、の……？」
「なにが？　俺がほしいって言ってるんだから、いいんじゃね？」
　ウソつき。
　だって、こんなのぜんぜん星野くんのキャラじゃない。
　それなのに、私の分と自分の分を持ってレジに向かう。
「あ、待っ……星野くん」
　慌ててレジに向かったら、もう星野くんはお会計をすませたあとだった。
「お金……」
「いらない。けど、恥ずいから一緒につけろよ」

そう言うと、紙袋を開けて自分のカギにつける。
　そしたら私も、今すぐにつけたくなった。
　カチャっとしっかりはまったストラップを見せる。
「見て、お揃いだね」
　そんなのわかっているのに、うれしくてわざわざ口に出す。
「それでね……ここをくっつけるの。ほら！　ハートができた」
　私がそうやって星野くんを見ると、彼はその姿を見て大爆笑した。
「っははは、松山おもしれぇ！」
　は、はじめて見た……！
　彼がお腹を抱えて笑っているところ。
　いつもは笑ってくれても、ニコって笑顔を見せるだけで、それでもいいほうだと思ってた。
　星野くん、こんなふうに笑うんだ。
　いつも見せてくれていた笑顔が、ニセモノだったとは思わない。
　だけど、この表情の星野くんが本来の星野くんのような気がした。
「なにぼーっとしてんだよ、行くぞ次」
「うん」
　自然とつながれた手を見つめて思う。
　もっと、もっと見てみたい。
　星野くんのいろんな表情。

心の内側。

　もっと見せてほしい。

　この時の私は、彼の心の内側に、少し触れられた気がしていた。

　しばらくいろいろなお店を見てまわっていると、そろそろ疲れてきて休憩することになった。

「どこ行こうか……」

「んー」

　そんなことを考えていた時。

　──ピリリリリリー。

　星野くんのポケットから着信音が鳴りひびく。

　嫌な予感……。

「もしもし、彩花」

　ドクン──。

　彩花ちゃんは、この前会った星野くんの幼なじみ。

　佐野くんは、ただの幼なじみだって言ってたけれど、私にはそういうふうには映らなかった……。

「いや、ムリだって。今日はムリって言ったじゃん。あのさ……彩花、俺、……!?　おい、彩花大丈夫か？　わかった、今行くから」

　えっ……。

　ピっと、勢いよく電話を切る星野くん。

　その表情は、とても青ざめていた。

「ごめん、松山、アイツのとこ行かなきゃいけなくなった。今度うめあわせするから」

私の返事も聞かずに、星野くんは頭を下げると走ってショッピングモールを出ていった。
　星野くん……。
　あんなに顔が青ざめてた。
『ただ、アイツはいろんなものを抱えてる』
　ねぇ、なにを抱えているの？
　どうして、いつも行っちゃうの？
　私は、彼の遠くなる背中を見つめて立っていた。

*少しの本音

「ねぇ、怒ってる？」
「べっつにー」
　口をとがらせながらそう答えると、星野くんは「本当にごめん」と頭を下げて謝ってきた。
　今朝、教室に入るなり星野くんに連れだされ、私は屋上にきていた。
　そして、昨日のことを謝られている。
　べつに、星野くんがわるいわけじゃないってわかってるけど、やっぱりちょっとさみしかったんだもん。
　でも、もういいんだ。
　私にはこれがあるから。
　星野くんのポケットからはみ出たストラップがチラッと見えて、私はすぐに機嫌をよくした。
「次はちゃんといてね。最後まで……」
　小さくつぶやくと、星野くんは「おう」と笑った。
「電話の子は平気だった？」
　あんなに慌てていたから、気になって聞いてみると。
「あぁ、大丈夫だった」
　星野くんはそう答えた。
「そっか」
「…………」
　あ、やっぱり少し気まずくなった。

私も星野くんの幼なじみのことは気になるけど、聞いていいことなのか、わからないんだもん。
　沈黙が続いて星野くんの言葉を待っていると、彼はやっと口を開いた。
「あのさ……、俺のことちょっと話してもいい？」
「えっ、うん！」
　教えてくれるの？
　待ってたよ。
　教えてほしい。
　抱えているものがあるなら、このストラップみたいに、半分こにしてあげたいの。
「俺と佐野と、この前お前があった彩花は、小さい頃からずっと一緒の幼なじみなんだ」
「うん」
「彩花は生まれつき体が弱くて、入退院をくり返してる」
「そうなんだ……」
　たしかに少し、体が細かったかもしれない。
「俺さ、ほっとけないんだ。アイツのこと」
「………っ」
　声が出なかった。
　男の子が女の子に、ほっとけないという感情を抱くのは、好きだと思うから。
「だからアイツになんかあったら、すぐに行ってあげたくなっちまう」
　心がチクチクと痛みだして、私をうつむかせる。

「彩花ちゃんが好きなの？」
　近すぎて気づかない愛があったのかもしれない。
　その言葉によって星野くんが気づいてしまうのは嫌だけれど、今だったらまだ、間にあう。
　まだ、星野くんを好きじゃなくなれる。
　このままの気持ちで付き合うのは、苦しいから。
　答えを聞かせてほしい。
「好きだよ」
　ドクン。
　そっか……。
　一瞬叶った初恋だけど、やっぱり簡単に崩れていくんだね。
「でも、恋愛感情はいっさいない」
「え？」
「彩花に恋愛感情はない。言ってみれば、家族みたいな大切な存在なんだ」
　家族……。
　幼なじみが家族のように大事で、なにかあったらすぐにかけつけたい。
　家族になにか起こったら、たしかにあんなに青ざめる。
　だけど、血がつながっていないのに、そんな感情が生まれるのだろうか。
　私にはずっと一緒にいた幼なじみがいないから、わからない。
「ただ、特別なんだ」

ただの特別ってなんだろう。
　じゃあもし、私になにかあったら、星野くんはかけつけてくれるんだろうか？
「あの、星野くんの好きな人は……」
「お前だけ」
　好きな人は私。
　大切な人は幼なじみ。
　おとぎ話の中の王子様には、守るべき存在がひとりしかいない。
　でももしそこに、王子様に、大切な人がいたら。
　プリンセスと大切な人、どっちを守るんだろう。
　ぶんぶんと、首をふる。
　そんなこと、考えていちゃダメだ。
　私のことを好きだと言ってくれて、うれしかった。
　星野くんの内側を聞けて、うれしかった。
　高望みなんてしちゃいけない。
　だって、初恋が叶っただけで幸せだから。
「そっか！　じゃあ許してあげる」
　私はカギを持って立ちあがる。
　星野くんの前に差しだせば、彼もそれを隣に並べてくれて。
「へへっ、ハート完成」
　私と星野くん、ふたりで一緒にいれば、必ずハートは完成する。
　それなら、いい。

星野くんが行っちゃったら、また戻ってきてハートを作ればいいよね。
「戻ろうか」
「うん」
　私たちは話を終えると教室に戻った。
「お帰り〜、おふたりさん〜！　ふたりで朝からなにしてたんっすか？」
　ニヤニヤしながら、佐野くんが言う。
「うっせぇよ」
　星野くんがそう言うと、理沙ちゃんは私たちのポケットを指さして、大きな声を出した。
「ああ！　お揃いのストラップ、つけてる!!　キャー！　ふたりしてラブラブアピールですかぁ」
「キャー！　おふたりさんラブラブぅ！」
　佐野くんと理沙ちゃん。
　このペアが叫びだすと、すごく騒がしくなる。
　からかわれて恥ずかしくなるのが私で、黙れとか、言葉を放つのが星野くん。
　最近この４人で一緒にいるのが、本当に楽しいな。
　星野くんも、前みたいに朝から女の子たちにかこまれることはなくなった。
　すると。
「授業を始めるぞ〜」
　先生が入ってきて、授業が始まった。
「〜のように、古典にはドロドロとした恋愛関係がありま

す。おとぎ話と違ってハッピーエンドというわけにはいかないのです」

おとぎ話は必ずハッピーエンド。

王子様とお姫様、ふたりは最後、幸せに暮らすんだ。

古典の時間、ぼーっとそんなことを考えていると、いつの間にか授業は終わっていた。

そして、放課後。

「おい、どうした？　帰んぞ？」

目の前にカバンを持った星野くんがいる。

「あ、うん！」

私も慌ててカバンを持つと、佐野くんと理沙ちゃんに手をふって教室を出た。

校舎を出てしばらく歩くと、星野くんは言う。

「今日は寒いな」

「うん」

すると、星野くんは私の手を握って、私の名前を小さくつぶやいた。

「心……」

——ドキン。

「な……っ、名前……」

「だって、渉が呼んでるから」

そうやって顔をそらす星野くんに、きゅんとする。

ちょっと前に気がついた、きゅんには2種類があること。

今まで曖昧だった2種類のきゅんの意味が、今はっきりとわかった。

ひとつは、大きく心臓をはねさせるきゅん。
　これはドキドキしたり、恥ずかしくなったり、そういう時に現れる。
　もうひとつは、小さなきゅん。
　これは誰かを愛しいと思った時に鳴るんだ。
　ぜんぶ、星野くんを好きになってはじめて知った。
　だからやっぱり、大切にしたい。
「つ、翼……」
　顔をまっ赤にして手を握り返す。
　名前を呼ぶのって、恥ずかしいね。
　お互い名前で呼んだら、もっと距離が近くなった気がした。
　見つめあって、目を合わせてそれで……。
「……んっ」
　キスをする。
　えぇっ！　キス!?
　驚いて、慌てて離れたら、星野くんは気まずそうに目をそらした。
「わり……」
「なんで……」
「かわいかったから……つい」
　どんどん声が小さくなっていく。
　そんな彼も愛しいって思うから、きゅんとする。
「それじゃあ……もう１回したい」
　私も目をそらしてそう言うと、星野くんは笑って言った。

「お姫様、目をつぶっていただけますか」
「あー！　佐野くんにいろいろ吹きこまれたでしょ！　星野くんまでバカにする！」
「してねぇよ、バーカ」
　こんな王子様、きっと現実にはいないね。
　だけど、私にとっては一番素敵な王子様。
　そっと目をつぶり、星野くんのキスを待っていると。
「ん……っ」
　彼は触れるように優しいキスをした。
　魔法のキスが解けませんように——。
　今のままが幸せだから、ずっとこのままでいたいと思った。

*約束はきっと

　この間のうめあわせ、ということで、彼がもう一度デートをやり直したいと言ってくれた。
「ねぇ、どこに行く？」
　私のことをちゃんと考えてくれるところ、すごく好きだなぁ。
「お前の好きなところでいいよ」
　好きなところ……、好きなところか……。
「あっ！」
　いいこと思いついた。
「公園に行きたい、またサッカーしたい！」
「ふっ、そんなんでいいのか？」
「うん、前やった時、すごく楽しかったから」
　佐野くんと私と星野くんで一緒にサッカーをやった時、もっと星野くんの蹴る姿を見ていたいと思った。
　星野くんもすごく楽しそうにしていたし、いいよね。
「それで、そのあとはピクニックね。私、お弁当作るから」
「マジで、すっげぇ楽しみ」
　私も、楽しみ。
　彼とふたりきり、今度はきっと最後まで私といてくれる。
「早く今度の日曜日にならないかなぁ」
　日曜日になるまでの間。
　彼は私といる時間を、大切にしてくれた。

電話が来ていたのかどうかは、わからないけれど……。
幼なじみのところに行くということは、なかった。
私のことを、気づかってくれているんだよね。

そして、日曜日――。
動きやすいようにズボンで来たけれど、上はフリルのついているかわいい服を選んで、私は近くの大きな公園に向かった。
手にはこの前約束したお弁当を持って、公園の前で待っている。
すると、うしろから愛しい声が聞こえて、ふりむいた。
「心」
「翼くんっ！」
実はデートまでの間、名前で呼ぶことをたくさん練習した私たち。
まだ恥ずかしいけれど、やっぱり名前で呼ぶってとってもいいね！
「サッカーボール、持ってきた。つかさ、今思ったけど、こんな肌寒い日にピクニックって感じじゃねぇよな」
空はどんよりとくもっていて、お花見気分でピクニックすることはできない。
けど……。
「いいのっ！　サッカーやったら、暑くなるよ」
「ふっ、超ガチでやんのな。いいよ、受けてやる」
私たちは翼くんの言葉を合図に荷物を置いて、サッカー

を始めた。
「よっし、パス」
「おーっと」
　ふたりでパスをつなげていく。
「翼くんはキャプテンでしょ？　すごいよね！　よっ、キャプテンってうまい人がなるんだよね？」
「どうだかな、っと、俺的には部長のほうがすげぇと思うよ」
「佐野くん？」
　聞きながらパスを返すと、翼くんは、一度ボールを止めてから蹴り返してきた。
「そっ、部長はまわりをまとめることができるやつがなる」
　そうか……。
　佐野くん、そういうの得意そうだなぁ。
「アイツはさ、俺と違っていろんなやつと仲良くなれる」
「そっ、う」
　蹴ることに一生懸命で、あいづちがおかしくなった私とは反対に、蹴りながらも普通に話を続ける翼くん。
「まわりも見れて、人のこと元気にさせることできんの。俺にないものをたくさん持ってる」
「そうなん……あっ……」
　勢いをつけすぎて、変な方向に飛ばしてしまったボールを、翼くんはしっかりキャッチした。
　そして。
「だから、尊敬してんだ」
　いつもより優しい表情で言った翼くんに、うれしくなる。

そっか、そっか。
　ふたりはただの幼なじみじゃないんだ。
「いいね、そういうの」
　長い付き合い。
　お互いのことをわかっていて、尊敬できる。
　そんな存在が、私にもいたらいいのに。
「ふぅ……」
「疲れたか？」
「うん、少しだけ……。ねぇ、ご飯にしない？」
　待ち合わせたのが遅かったからか、少しサッカーをしただけでお腹がすいた。
　実は、お弁当作りを頑張りすぎて、朝ご飯をちゃんと食べてないっていうのもあるんだけど。
「おう、じゃあそうするか」
　彼の言葉を聞いて、私は持ってきたシートを広げると、彼に座るように促してからお弁当を開けた。
　これで桜が咲いていたら、すごくいいのに。
「はい、これ熱いお茶ね」
　時期はずれっていうのが、少し残念だ。
「わ、弁当すげぇな……」
　すると、はりきって作ったお弁当を見て、翼くんは感嘆の声を上げた。
「へへっ、頑張っちゃった」
　だって、好きな人に食べてもらえるんだもん。
　うれしくてうれしくて、時間も忘れて一生懸命作った。

「食ってもいいか？」
「うん、どうぞどうぞっ」
　なんか、ドキドキするなぁ。
　この前はみんなで一緒に作ったから、私だけが作った手料理とかじゃなかったし……。
　パクっと玉子焼きを口に入れる彼を見る。
　私がドキドキしながら、感想を待っていると……。
「お前、本当料理うまいな……」
　彼はそうやってつぶやいた。
　ほめられた、うれしい……。
　それからも彼は、どんどんお弁当を食べすすめてくれた。
　しかし、食べて少したった時、だんだんと、彼の会話が少なくなっていることに気がついた。
「野菜もたくさん入れて、栄養たっぷりにしたの」
「あぁ」
「それでね、このタコさんウインナーは……」
「…………」
　どうか、したんだろうか？
　気になって彼を見れば、箸を止めていて、ついにはうつむいてしまった。
「ねぇ？　どうかした？」
　料理がまずかったんじゃないかと不安になって聞いてみたけれど、彼は「いや……」と言うだけで、こっちを向いてくれない。
「いいんだよ？　ちゃんと本当のこと言って」

彼に不安な顔でそう言ったら、やっと彼は顔を上げて私に言った。
「いや、本当にうまいよ」
　ドキン――！
　その瞬間、心臓が強く音をたてる。
　なんで……っ。
　ドキン、ドキン、ドキン。
　なんで……、泣いてるの？
　涙を流しながらお弁当を食べていた彼に、目を奪われる。
　つーっと、ひと筋の涙がこぼれおちて、頬を伝っていく。
　はじめて人の涙をキレイだと思った。
　男の人はこうもキレイに泣くのかと知った。
　だけど、泣く理由がわからなかった。
「うますぎて、涙出てきた」
　彼は涙をぬぐいながら、笑って言うけど。
「本当に？」
　なんかムリしてるんじゃないかって思った。
「本当、たまにある。なんかすっげぇもん見た時とかに、涙出んの」
「私の、すっげぇもんじゃないよ？」
　ただの、お弁当だし。
「俺にとっては、すっげぇもんだよ」
　そんなに喜んでくれたんだって、私はうれしくなった。
　一瞬の不安もいっきに吹っとんで、私のことをニヤけさせる。

「へへ〜、作ってよかったなぁ」
　ニヤニヤしながら食べていたら、彼は私を見ていった。
「ふっ、お前さ、ご飯つぶつけてんぞ」
「へっ？　どこどこ？」
　恥ずかしい……っ。
　自分の手で探してみるけれど、なかなかそれは見つからない。
　すると、
「ここだよ、バーカ」
　彼はそうささやいて、私についていた米つぶを取った。
「あり、がと」
　なんか、今のかっこよく見えた。
　いつもの倍くらい。
　少し顔が赤くなりながら、彼を見つめていると、彼は一瞬目をそらしてから、私を見る。
　すっ、と伸びてくる手が頬に触れると、私は自然と目を閉じた。
「………んっ」
　触れるみたいな、やわらかいキス。
　それがなんだか彼と合っていて、好きだ。
　幸せ。
　その言葉は、心がすっごく満たされた時に出る言葉な気がする。
「照れるな」
「うん……」

彼を近くで感じることのできるキス。
　触れあうだけで彼のことがわかる気がして、とても好き。
　目と目を合わせ、なごやかな雰囲気に包まれていると。
　——ピリリリリリー。
　嫌な予感のする着信音が、私の耳に流れてきた。
　いつもいい雰囲気の時にかぎって鳴る携帯。
　また今回も、きっとそう。
　翼くんもそれに気づいたのか、電話に出ようとしない。
　だけれど、チラチラと携帯を見ていて……。
「いいよ、出て」
　私がそう言うと、「ごめん」と言って電話に出た。
　ごめんって言うってことはやっぱり、あの幼なじみの子なんだろうか。
「もしもし……うん、だから前にも言ったじゃん」
　彼のトーンは明るくないけれど、いつも電話を出る時と変わらない。
　きっと彼女だ。
「今日はムリ、絶対に行かない」
　いつも思う。彼女は翼くんに来てほしいんだ。
「おい、そんなことしてもムリだから……おいっ、彩花！」
　少し声をあらげてから電話を置く翼くん。
「どうしたの？」
　そう聞けば、切られたなんて言って切なく笑った。
「そっか……」
　いいんだ、約束したから。

私との時間を楽しんでも、べつにバチはあたらない。
　これからもうちょっとここでゆっくりして、サッカーして、それで手をつないで帰りたい。
　けど……。
「翼くん……」
「ん？」
「行って、いいよ」
　だけど、私はそう言った。
「なんで、いいよ」
　だって、気になってるってわかるから。
　向こうに電話を切られて、なにがあったかわからなくて、心配してる。
　その気持ちを無視しようとすることは簡単にできるけれど、そんなことをしてまで、自分だけが楽しい思いをしたいとは思わない。
「私は平気、行ってもいいから……」
　スムーズには出てこなかったけれど、ちゃんと言えた。
『行ってもいいよ』という言葉。
「ごめん、本当に」
　約束はきっと守られない。
　現実はおとぎ話のようにはうまくいかなくて、本当にハッピーエンドになるのかさえもわからない。
　彼の去っていくうしろ姿を見送るのは、もう何度目だろう。
　そのたびに「行かないで」って心の中で言っては、しま

いこむ。
　私だけを見てくれればいいのに。
「翼くん……」
　私はこの日、彼の名前を小さくつぶやいて、ひと筋の涙を流した。

*なくしもの

「心ちゃん～、見てこれひどくねぇ？　理沙ちんに似顔絵って落書きされた」
　翌朝、佐野くんが見せてくれたのは、理沙ちゃんのへたっぴな絵が書いてある佐野くんの手の甲だった。
「ふふ、変なのっ。でも、似てるかも」
「似てねぇよ、俺こんなサル顔してる？」
　佐野くんの言葉に、私は吹きだした。
　ひととおり笑うと、佐野くんは突然、マジメな顔になって聞いてきた。
「心ちゃん、元気？」
「げ、元気だよ？」
　佐野くんの言葉に驚いて、私は目を大きく開ける。
「今日、ちょっと元気なくね？」
　そっか、こういうのに気づいてくれるところだ。
　佐野くんが部長になれたって。
「べつになにもないよ～。さすが部長さん、いろんなところ見えてますな」
　でも、だからバレないようにわざと明るく言った。
「あー、翼からなんか聞いたな」
「へへっ」
　今日、翼くんとはまだ話してない。
　きっと彼は謝りにきてくれると思うんだけど……。

「心」
　ほら、やっぱり。
「なになに、じゃあお邪魔な俺は退散するかね」
　翼くんがやってくると、佐野くんは気をきかせて、自分の席に戻っていった。
「昨日はごめん」
「ううん、大丈夫」
　毎回、毎回、彼にこんな顔をさせてしまうのは、私のせいなんだろうか。
　私がもっと心よく、上手に送りだせていたら、彼はこんな顔をしなかったかもしれない。
「あのさ……今日は一緒に帰れない？」
「ごめん、今日はムリなんだ」
　そ、っか……。
　落ちこんでうつむいていると、翼くんは言った。
「明日なら、平気だから」
「あ、じゃあ明日……」
　また、今日も彩花ちゃんのところに行くんだろうか。
　それとも別の用事？
　気になってしまって仕方ない。
　私はダメだ、ダメだと首をふり、自分を落ちつかせた。
　授業が始まってからも、翼くんを目で追ってしまう。
　彩花ちゃんって、どんな子なんだろう。
　一度見た時は、とてもかわいくて女の子らしい子だったけど、性格はどんな子なんだろう。

佐野くんと翼くんの幼なじみ。
きっと私が知らないことも、たくさん知っている。
翼くんのこと、好きってことは……ないよね？
佐野くんといた時、思い出される翼くんと腕をくんでいた姿。
佐野くんはそんなに頻繁(ひんぱん)に会ってないのに、翼くんは毎回のように呼びだされる。
「本当に好きじゃないよね……？」
小さくつぶやくと、いつに間にか授業は終わっていた。
「心、心っ、ちょっと大丈夫なの？　今日うわの空じゃない？」
「あぁ、理沙ちゃん！　平気平気、ちょっと寝不足で……」
「まったく～、幸せ者はいいねぇ」
「幸せ……」
そうだよ、私は好きな人と付き合えた。
それだけで、幸せなことなんだ。
だから、不安になることなんてない。
私は自分を励ましながら、授業にのぞんだ。
すべての授業を終えて放課後になると、翼くんは私のところに来て、ひと言声をかけた。
「じゃあ、ごめんな。またな」
そう言って帰っていく。
「うん、また明日」
大丈夫、明日はちゃんと会えるから。
理沙ちゃんも恋人の周ちゃんと帰るみたいで、元気よく

帰っていった。
「じゃあね〜、心」
「バイバイ」
　私も帰ろう……。
　カバンを持って教室を出ると、ひとりとぼとぼ歩きだした。
　今日は、やたら落ちこむなぁ。
　人に悩みを話せない性格の私は、すぐにためこんでしまう。
　けれど、それもぜんぶ自分で解決してきた。
　でも……。
　恋となると、やっぱりわからないな。
　はじめての恋だから、不安になったり、わからなくなったり、迷ったりするんだよね。
　そんな時、正しいほうへ導いてくれる機械なんかがあればいいのに……。
　あれこれ考えながら、なに気なくカギを取りだす。
　すると。
「あっ！」
　ストラップがなくなっていることに気がついた。
　どうしよう……。
　どこかで落としたのかもしれないっ！
　今日の昼休みまではたしかにあったのに、どこでだろう。
　あせって、来た道を探しながら戻っていると、教室についてしまった。

「ない、ないよ……」
　自分の机のまわりを探してみるけれど、それは出てこなくて、私は焦っていた。
「どうしよう……」
　あれは翼くんとお揃いのもの。
　なくして買っても、別物だ。
「うう……」
　私がうなりながら探していると。
　――ガラ。
「あれ、心ちゃん？」
　教室に佐野くんが入ってきた。
「どうかしたの？　こんな時間まで残って」
　私は佐野くんにすがる思いで、ストラップをなくしたことを話した。
「マジか、じゃあ俺も一緒に探すよ！」
「ありがとう」
　佐野くんはそうやって言ってくれて、手わけして教室中を探してみる。
　棚の間とか、ゴミ箱とかまで探していると、ふと佐野くんが言った。
「心ちゃん、今日どうしたん？」
「え？」
「朝、元気なかったろ？　みんながいない時なら言いやすいかなと思ってさ」
　佐野くん……。

その優しさに、今は寄りかかりたかった。
だから私は話すことにした。
「あのね……私ってちゃんと翼くんの彼女でいられるのかなって、すごく不安になるの。電話が来て、彩花ちゃんのところに翼くんが向かってしまうと、すごく虚(むな)しくなる」
「うん」
「置いていかれちゃう気がして、行かないでって言っちゃいそうになるの」
探しながら、顔を見ないで話せるからこそ、今日は思ってることをぜんぶ言えたんだと思う。
「そっか……アイツ、まだ行ってんのな」
ただ、話を聞いてもらいたい。
その気持ちもあったと思うけど。
「アイツな、ワケがあってけっこう臆病(おくびょう)なんだよ。人を失うことを恐れてるっつーか……うまくは言えねぇんだけど。弱いやつがいると、そっちに行っちまうんだろうな」
人を失うこと恐れるのは、みんな同じだ。
だけど、翼くんはそれが人一倍強いってことなんだろうか。
「でもさ、心ちゃん。行かないでほしいなら、行かないでって言ってもいいと思うぜ？　もっと自分に素直になったっていい。心ちゃんが、そんなにためこむ必要ないんだから」
佐野くん……。
ストラップを探しながらも、目がうるむ。
これじゃあ、うまく探せない。

「ためこむのはよくアリマセン。なんかあったらさ、俺ら友達なんだから、すぐ話してくれよ！」
　佐野くんは、とても人の気持ちに敏感だ。
　だから、部長になれた。
　だから、佐野くんのまわりはいつも人であふれてる。
「ありがとう、佐野くん」
「それにさ、翼は心ちゃんのことを大事に思ってるよ。置いてったりしねぇ」
「うん、そうだよね……」
　きっとそう、翼くんに触れた時に伝わってくる愛は、いつわりじゃない。
　本物だと思うから。
「だってこの前もだけどさ、俺に会うと、いっつも心ちゃんの話してくるし、気軽に心ちゃんって呼ぶなって言われたんだからな！」
　ふふっ、翼くん、そんなこと言うんだ。
　ちょっとうれしいかも。
「元気出た？」
「出た！」
　いつの間にか近くにいた私たちは、顔を見合わせて笑う。
　あとは、ストラップが見つかればいいんだけど……。
　そう思って一度、立ち上がる。
　すると。
　──チャリン。
「え……？」

金属の音がしたと思ったら、それはポケットから床に落ちた。
「あ、これ……」
「心ちゃん、やっちゃったんじゃねぇの？」
　落としたストラップを佐野くんが拾ってくれて、私は言う。
「ごめんなさいっ！」
　まさかポケットに入ってたなんて……。
「ぷは、せっかちだな〜」
「ごめんね、本当に」
「まぁ、話もできたし、いいじゃん」
　けらけらと笑いながら立ちあがる佐野くんにお礼を言って、この日は一緒に帰った。
　佐野くんは、とても温かい人だ。
　そばにいると、いつも元気をくれる人。
「昨日さ、翼に殴られてよ」
「え」
「ウソーン」
　冗談を言って笑わせてくれたり、時には核心をついてきたり、鋭いなって思うけど、それはまわりの人をたくさん見てるから。
　誰かが見てくれている。
　そうやって思えるだけで、救われるものってあると思うの。
　私も、もう少し……。

みんなに悩みとかを打ちあけられるようになろう。
佐野くんのおかげで元気になった。
人から頼られる人ってなんか、やっぱりいいね。

*嫌な予感

「おはよう、翼くんっ！」
「おう、はよ」
　時期はもう少しで11月になろうとしている。
　昨日は佐野くんに励まされて、モヤモヤ考えずに朝を迎えることができた。
　昨日の用事とか、気になることはたくさんあったけど、今日は翼くんと遊べるからなにも気にしない。
「今日、どこ行く？」
　って言っても学校のあとだから、ちょっと寄り道程度しかできないけど。
「駅前に新しくできたタピオカドリンクの店があるらしい。昨日のお詫びでおごってやるよ」
「本当に!?　やったー！」
　翼くんは約束をすっぽかしたら、必ずなにかお詫びをしてくれる。
　今日のお店だって、調べてくれたのかなとか思ったら、うれしくなっちゃったり。

　そして、午前の授業を受けて、昼休みになると、私は翼くんのところへ向かった。
　へへ、さっき理沙ちゃんから、今日はタピオカが半額の日って聞いちゃったんだ。

伝えようとルンルン気分で立ちあがると、それとは反対に、けわしい表情を浮かべながら、携帯を持って移動する翼くん。
　すごく、嫌な予感がした。
　もしかしたら、また……？
　でも、こんな時間にかかってくるのはめずらしいから、違う人かもしれない。
　違う人がいい、違う人でありますように。
　そう思いながら彼を見ると、やっぱりけわしい顔をしたまま帰ってきた。
「また……彩花ちゃん？」
「うん、でも……断ったから」
　本当は気になるんだろうな。
　行きたいんだろうな。
『人を失うことを恐れてるっつーか、うまくは言えねぇんだけど……弱いやつがいると、そっちに行っちまうんだろうな』
　佐野くんの言葉を思い出す。
「ねぇ、翼くん」
　私がそう言って、力強く彼を見ると、彼は不安そうに私を見た。
「私も、行っていいかな……？」
「え？」
「彩花ちゃんのところに。私も行きたい」
　翼くんは驚いた顔をした。

「でも、タピオカは？」
「いいの、またいつでも行けるから」
　新しくできたのなら、そうそう潰れない。
　行こうと思えばいつでも行けるから、今は翼くんの気持ちを優先させたい。
　それに、彩花ちゃんに会ったら、翼くんの気持ちもわかるかなって思ったから。
「ごめんな……」
　私の頭をポンポンなでる翼くん。
　人前なのに、彼はたまに大胆なことをする。
「ううん」
　こんな切ない顔よりも、笑っているほうが好き。

　それから午後の授業を受けて放課後。
　私たちは彩花ちゃんに会いにいく準備をした。
　彼女は、今は病院に入院しているらしい。
　翼くんから彩花ちゃんの情報を少し聞いて、私は言った。
「ねぇ、彩花ちゃんはなにが好きかな？　お見舞いになるもの買っていきたいんだけど」
「そんなん、いいよ」
「ダメだよ！　こういうのも大事だもん」
　彼から強引に好きなものを聞きだして、私はお菓子の詰めあわせを買っていくことにした。
　そして、バスに乗って20分たった頃。
「ここで降りるから」

「うん」
　彼がブザーを押して、私たちはバスを降りた。
　意外と近い……。
　私も小さい頃、この病院に来たことがあった。
　慣れた足取りで進んでいく、翼くんのあとをついていく。
　——コンコン。
「彩花、入るぞ」
　翼くんは病室のドアをノックした。
　私も一緒に入っていく。
　すると。
「翼っ〜、来てくれたのっ！　すごいうれしい」
　そうやってやわらかく笑う彩花ちゃんがいた。
　相変わらず、女の子っぽくてかわいいなぁ。
　そして、翼くんのあとに続いて入ってきた私を見て、あっ、という反応をした。
「この前会った子……渉の彼女？」
「違う、俺の彼女だよ」
「えっ」
「はじめまして、心です」
　その瞬間、彼女は落ちこんだ表情を見せたけれど、すぐに笑顔に戻って、自己紹介を始めた。
「はじめまして彩花ですっ、今日は来てくれてありがとう。ゆっくりしていってね」
「うん、あ……これ食べてください」
　さっき買ったお菓子を渡して、出されたイスに座ってい

ると、翼くんと彩花ちゃんが話しはじめる。
　その話はわからないことばかりで、入っていけなかったけれど、私は黙って聞いていた。
　時折、彼女が咳(せ)きこむと、背中をさする翼くんを見て、胸が痛んだ。
　翼くん……、いっつもこんな感じなんだ。
　彼女の支えになって、優しく包みこんでいる感じが恋人同士に見える。
　気にしちゃいけないのに、気になってモヤモヤする。
　ダメだなぁ、私。
　すると。
「ねぇ、翼、私オレンジジュース飲みたいな。下の自販機で買ってきてよ〜」
　彩花ちゃんが言った。
「ワガママだな、お前」
「いいでしょ〜、飲みたいのー！」
　彩花ちゃんの言葉に、翼くんがため息をつきながら立ちあがる。
　私も行こうと立ちあがると。
「心ちゃん、話そう〜？」
　彩花ちゃんは、そう言ってきた。
「うん……」
　私は不安に思いながらも彩花ちゃんの前に座ると、彼女はうれしそうに話しはじめた。
「翼ね、行けないって言っても、けっきょくは来てくれる

んだ。今日も来てくれたし、昨日も来てくれた」
　やっぱり……昨日の用事は彩花ちゃんのところに行くことだったんだ。
　言ってくれればいいのに。
　なんて言えるわけないか。
「小さい頃から優しくて、私の面倒をみてくれて、ヒーローみたいな存在」
　ドクンと、心臓が低く胸を打つ。
　嫌な予感がした。
「それでね、私の大好きな人なの」
　その予感は、ぴたりとあたった。
　毎日呼びだされる翼くん。
　佐野くんはあまり呼びだされていないのに、翼くんだけは必ず携帯が鳴る。
　その理由は、単にさみしいからとかではないだろう。
　きっと翼くんが好きだから……。
「心ちゃん、私と翼は同じなの。心ちゃんたちとは違う世界にいるんだよ。決してそっち側には行けない、さみしい人間なの」
　同じ人なのに、違う世界にいるなんて、そんなの、わからない。
　だって、いつだって翼くんはここにいる。
「だからね、はっきり言う。翼と別れてほしいの」
　力強い目で私を見て言う彩花ちゃん。
　翼くんのことが本気なんだってわかった。

「私は病気でさ、学校にも行けないの。体も弱くて外にもあまり出られない。だけど、心ちゃんは違うでしょ？ まわりには、ほかの男の子がいっぱいいる。出会いだってある。だけど、私は違う……私には翼しかいない……だから、翼のこと、取らないでほしいの」

 たしかに、私は普通に学校に行ける。

 まわりには男の子もたくさんいて、話したり、笑ったりそんなのもできる。

 だけど……。

「私だって、翼くんしかいないよ」

 私が好きになったのは、彼だから。

 代わりなんていない。

 いくら翼くんに顔がそっくりだって、性格が似てたって、翼くんじゃなきゃ、恋に落ちないから。

「私の好きな人は、翼くん……ほかの人じゃダメ……なの」

 小さな声で、でもしっかりと答えた。

 代わりなんていないんだって。

 彼じゃなきゃ、ダメなんだって。

 すると、それを聞いた彩花ちゃんは、私に怒鳴りだした。

「都合のいいこと言わないで!! 心ちゃんには、ほかにいるでしょ？ ほら、渉だっているじゃないっ。アイツなら、顔もいいし、性格だってわるくないでしょ？」

「彩花ちゃん、そんなふうに言ったら、佐野くんに失礼だよ。佐野くんは素敵な人だよ、アイツでもいいなんて言っちゃダメ」

つい感情が入ってしまい、そう言うと、彩花ちゃんはカッとなって息を大きく吸いこんだ。
　その瞬間。
「ゴホゴホ……っ」
　苦しそうに咳きこみはじめる。
「ゴメ……っ」
　背中をさすろうとした時。
　──ガラ。
「彩花っ！」
　翼くんが勢いよく入ってきて、彩花ちゃんの背中をさすった。
「ゴホッ、ゴホ」
「大丈夫か？　彩花」
「……っ」
　なんか私……ダメかもしれない。
　こんなこと、考えちゃいけないのに。
　翼くんが彩花ちゃんに触れていることを、嫌だって思ってしまった……。
　それに。
　翼くん……そんなに大きな声を出すんだね。
　必死な顔、必死な声。
　幼なじみを守るのに必死な様子を見ると、少し切なくなってしまう。
「彩花ちゃん、ごめんね」
　私はそれだけ言って、先に病室を出ることにした。

来ないほうが正解だったのかな？
　だけど行かなかったら、自分の知らないふたりの時間がどんどん進んでいってしまう。
　もう、なにが正解かわからない……。

　病院の外のすみっこに立って彼を待っていると、翼くんは15分くらいしてやってきた。
「ごめん、やっと離してくれた」
「うん……」
　顔、見られないや。
「なんかあった？」
　私の様子に気づいたのか、翼くんは問いかけてくる。
　その優しい声に、私は彼にかけよって抱きついた。
　ぎゅう——。
「翼くん……」
「わ、どした？」
　彼の温もりを感じれば、安心する。
　すぐ近くにいるんだって、今目の前にいるんだって思えてほっとする。
「タピオカ飲みたい……今飲みたいよ……」
　翼くんは、ポンポンとあやすように私の頭をたたく。
　子どもっぽいって思われたかな？
　だけど、今はそれでもいい。
　彼に体をゆだねていたい。
「うん、今から行くか、タピオカ」

「行く。だけど、今離れたくないよ」
「ぷっは、あまったれ」
　彼が笑うから、それでもいいと思った。
　この笑顔を見ると、幸せになれるから。
　彼が私を見てくれるかぎり大丈夫。
　きっとうまくいくはずだよね？

第3章
悲しみのプリンセス

*大丈夫

　あれから、タピオカを飲みにいき、翼くんは約束どおりおごってくれて、ベンチでそれを飲んでから家に帰ることにした。

　昨日は帰りが遅くなって、お母さんに怒られちゃったけど、タピオカを一緒に飲めたことで、私のモヤモヤは少し解消された。

「おはよう、心ちゃーん」

「おはよう」

　教室の席に座っていると、さっそく佐野くんがやってきて私に話しかけてきた。

「なぁ、昨日は大丈夫だった？」

「え？」

「俺さ、昨日彩花のところに行ったんだ。それで彩花から心ちゃんが来たって聞いたから」

　そうだったんだ。

「うん、平気……だったけど」

　またいつものように笑顔を見せて終わろうと思った。

　でも佐野くんの言葉を思い出して、言葉にしてみる。

「少し嫌なことがあった……」

「うん、いいよ。言ってごらん？」

　すぐに自分で解決しようとする私。

　クセはすぐに直らないけれど、佐野くんになら言える気

がする。
「昨日ね、彩花ちゃんを構っている翼くんを嫌だって思った。もっとこっちを見てほしいって思ったの。だけどね、一番嫌だったのは、そんなことを考えている自分」

　看病している翼くんに対して、そんなことを考えてしまう自分が一番嫌だった。
「お見舞いにきてるのに、なんでこんなこと考えてるんだろうって。自分は本当に嫌なやつだなって思った」

　こんな感情を持つたびに、どんどん自分が嫌いになっていく。

　恋をする。

　それってキレイな感情だけじゃない。

　すごく、黒くてドロドロした感情もあるんだって知った。
「ここで、恋をしたことがない佐野くんが言いました」
「えっ？」

　佐野くんは突然言った。
「恋とは、その人をまっすぐ思うキレイな感情。その中で、自分を見てほしいって思うのは当たり前。それは恋してるからこそ出る、素敵な感情なんじゃないでしょうか。さぁ、どう思う？」

　佐野くんのおもしろい口調に私は少し笑った。
「ふふ、私もそう思えてきたかも」

　私が単純なのか、それとも佐野くんに説得力があるのか、どちらにしても、佐野くんと話すといつも元気が出るんだ。
「ありがとう。佐野くん、また元気出たよ！」

「いんや、べつに俺のほうこそ……」
「ん？」
「や、なんでもねぇ」
　佐野くんはそう言うと、私に手をふって席に戻っていった。
　すると、翼くんが教室に入ってきた。
「おはよう。翼くん、今日はめずらしく遅いんだね」
「あぁ、ちょっと朝からいろいろあって」
　ん？
　疲れたような顔を浮かべ、制服をポンポンとはらう。
　翼くんの服のボタンは第2ボタンが取れていた。
「どうしたのそれ」
「いきなり猫に飛びつかれて、ボタンは取れるし、尻もちつくしで大変だった」
「ふふっ、ちょっと来て」
　私は自分のカバンから小さなバッグを取りだすと、翼くんの手を引いて、すぐ近くの空き教室に向かう。
　ガラッと開けてイスに座ると、持ってきた裁縫道具を開けて言った。
「直してあげる」
「心、直せんの？」
「うん、こういうのは得意だから」
　ふたりきりになると、やわらかい声で名前を呼んでくれる。
　そんなところが好き。

「あーでも、白い糸きらしちゃったの忘れてた……。薄ピンクでもいいかな？」
「止まってれば、なんでもいいよ」
　第2ボタン、開けてる人は開けているけれど、ふだん開けてない人が開けていると、なんか変な感じがするもんね。
　机をずらして、翼くんとの距離をつめる。
　……てか、今思った。
　勢いで言っちゃったけれど、これってすっごく大胆なことしてる？
　彼に近づいて糸を通していると、翼くんの胸板が見える。
　見ちゃいけないやって目をそらすけど、針がささると危ないからちゃんと見てなくちゃって、手もとに集中する。
　なんか……ドキドキする。
　静かになった教室で、そこには私たちしかいなくて、変に意識してしまう。
　だけど、それは私だけではなかった。
「聞こえてねぇ？」
「え？」
「俺の心臓の音、すっげぇバクバク言ってんだけど」
　ずっと針に集中していたから、彼の顔を見ていなくて、今やっとちゃんと見たら、彼は目を思いっきりそらして手で顔をかくしていた。
「照れ……てる？」
　思わずそう言った。
　だって耳が赤いから。

そしたら、彼は小さく言う。
「うっせ……」
　ボタンに糸を巻きつけてパチンと切りはなす。
　あぁ、好きだな。
　大好きだなぁ。
　なに気ない時にそう思える。
　私って、やっぱり単純なのかもしれない。
「できた、けど少しだけ目立っちゃうね」
　白いワイシャツに白い糸で縫われているものが、ひとつだけピンク色。
　しかも、第２ボタンだから見えやすい。
　白糸、ちゃんと買っておけばよかったな……。
「いいじゃん、お前がつけてくれたってわかるから」
「…………っ」
　ズルいよね、本当。
　あんなに私のことを悩ませるくせに、たったひと言でこんなに私を喜ばせてくれるんだから。
　──キーンコーンカーンコーン。
　すると、１時間目の始まりを知らせるチャイムが鳴った。
「よし、翼くん行こうか」
「心」
　ドキン──。
　その瞬間、今まで以上に心臓が大きく音をたてた。
「行くなよ」
　たまに、本当にたまにだけれど、翼くんはすっごくさみ

しそうな顔をする。
　置いてかれた子どものような顔をして、泣きそうな表情を浮かべるんだ。
　私はもう一度イスに座りなおす。
　本当は授業をさぼっちゃいけないけど、今はここにいたい。
　翼くんと一緒にいたい。
「1時間目サボろうか」
「うん」
　彼は子どもみたいに無邪気な顔で笑った。

　そして。
「なんだよ、ふたりしてサボりかよ～」
　1時間目が終わり、教室に戻ってきた私たちは、さっそく佐野くんにからかわれる。
　私が笑顔になりながら佐野くんの横を通った時、彼は小さな声で言った。
「よかったな」
　翼くんに気づかれぬよう、笑顔を向けながらうなずく。
　すると、佐野くんも笑った。
　優しいな、本当に。
　2時間目から授業に出てしっかりと聞いていると、午前の授業はすぐに終わった。
　やっぱり1時間目サボると早いなぁ……。
　チラリと翼くんを見て、理沙ちゃんとお弁当を食べよう

としていると、彼はまた、携帯を持って廊下に出ていってしまった。
「最近、あれ多いね、星野」
「うん……幼なじみから連絡がくるみたいなんだ」
　少しだけ、理沙ちゃんにそのことを話していた私は彼女に言われる。
「様子見てくれば？」
「うん……」
　正直、あんまり追求しちゃダメなのかな、とかも考えたりする。
　それでもやっぱり気になってしまうのは、事実で……。
「翼くん」
　私は戻ってきた彼に話しかけた。
「電話……？」
「あぁ、最近ひどい。行けないっつーと、体調わるくするから……」
　その言葉を聞いて、ずんっと嫌な感情が落ちてくる。
　行けないって言ったら体調をわるくするなんて、仮病なんじゃ……。
　そんなことを思いたくないのに、どうしてもそれを想像してしまう。
　私って嫌なやつ……。
「今日の夜……電話して。絶対に絶対に電話してね」
「あぁ、わかった」
　素直にいってらっしゃいが言えない。

だけど、こうやって言えたのはいいほうだと思う。
　取らないで、なんて彩花ちゃんは言ったけど、私だってそう思う。
　私が知らない翼くんとの時間があって、その時間を共有していた。
　幼なじみってだけで、その関係は強くて特別で、そんな中に入っていける気がしないんだ。
「どう、だったの？」
「お見舞いに行くみたい……」
「そっか」
　理沙ちゃんは小さくつぶやくと、今度はお弁当を食べながら、元気に言った。
「今日は一緒に帰ろうか。周ちゃんも部活でいないし、たまには寄り道でもどう？」
「うん、行く！」
　こうやって友達に救われている。
　だから、私だけが暗い顔でいたらダメだよね。

　それから私たちは午後の授業を受けて、ホームルームを終えると、一緒に駅前のクレープを食べにいった。
　久しぶりに、理沙ちゃんと話せてよかった。
　少し、翼くんと幼なじみの彩花ちゃんのことを相談できたから、私の気持ちも楽になった。
「でも、意外だわ～。佐野って、ふらふらしてるイメージあるから、そんなにいいこと言うなんて思わなかった」

「けっこう助けてくれるよ」
　佐野くんのことも理沙ちゃんに話して、理沙ちゃんは感心しながら歩いていた。
「今日はちょっとうれしかったな。心から悩みとか聞けて。中学の頃からそういうことなんにも話さない子だから、心配だったけどよかった」
　昔から悩みを人に打ちあけられない性格の私。
　だけど、頼ってもいいんだって佐野くんが教えてくれたから、少しずつだけど相談してみたい。
「じゃあ、また明日ね」
「うん、ありがとう」
　私たちはそんなやりとりをして、お互い別れた。
　なんかあったら、助けあう。
　助けてもらったら、今度は自分が助けてあげる。
　その相乗効果は、とても素敵だと思った。
　それが友達なんだ。
　でも私……けっこうしてもらってばっかりかも。
　もう少しなにかしてあげたいな。
　今、翼くんはどんな気持ちでいるんだろう？

*大切なストラップ

　昨日の夜、私は翼くんと電話をした。
　その時はとくになにを話すってわけもなく、今日は寒かったね、とか、たわいもない話をして過ごした。
　だけど今日の朝、実は気づいてしまったことがある。
「あれ!?　翼くん、ストラップは?」
　私とお揃いのストラップが、翼くんのカギについていなかったことだ。
「あぁ、ごめん、家に置いてきた」
「そっか……」
　たいしたことではないんだけれど、不安でいっぱいの私にとっては、ストラップは安心材料になっていて、それがないというだけで、心の中にモヤモヤとした感情が生まれた。
　私は、必死で探したのに……な。
　なんて、そんなこと思っちゃダメだよね。
「ねぇ、翼くん。今日はさ、駅前の……」
「あのさ、心。昨日さ、彩花に言ったんだ。これからは心との時間を大事にしたいって」
　え……。
　私は、うつむいていた顔を上げる。
「そしたら、じゃあ明日は心も連れて病院に来てほしいって言われたんだけど、今日来れる?」

本当は、遊びに誘おうと思っていたけれど、翼くんがそうやって言ってくれたことがうれしくて、私は元気にうなずいた。
「うん、行けるよ」
　不安になることなんて、ないんだよ。
　ストラップがなくたって、翼くんは私のことを考えていてくれるから。

　授業を受けて、放課後がやってくると、翼くんはすぐに私のところに来た。
「行こうか」
「うん」
　そう言って、教室を出る翼くんのあとに続く。
　今日私を呼びだしたってことは、なにか言われるのかな？
　でも、最後になるかもしれない。
　もしかしたら、この日の訪問が終われば、翼くんは途中で帰ってしまうことがなくなるかもしれないんだ。
　不謹慎な期待を抱えながら、バスに乗って病院に向かう。翼くんはバスの中で手をつないできた。
　幸せ。
　こうしているだけで愛を感じられるから。
　不安になんか、なっちゃダメ。
　バスを降りて病室に入る。すると、この前よりも元気がなさそうな彩花ちゃんがいた。

第3章 悲しみのプリンセス ≫ 167

「彩花、来た」
「こんにちは」
　私のあいさつにペコリとあいさつして、笑顔を見せる。
「どうぞ」
　ベッドの前に手招きする彩花ちゃんは、やっぱり女の子らしくてかわいかった。
「翼、あのね、今外に私の両親がいるの。翼のお母さんのことで話したいんだって」
「わかった、外行ってくる」
　えっ。翼くん、行っちゃうの？
　部屋から出ていく翼くんを見つめ、不安げに彩花ちゃんを見る。
「…………」
「…………」
　いっきに気まずくなって、私は下を向いた。
「私はね」
　そして、ポツリと彩花ちゃんが話しはじめる。
「これからも、翼のことをここに呼ぶつもりだから。絶対にあなたには渡さない。ムカつくの、なにもかも手に入れられる人が、翼のことを取っていくなんて」
　そう……だったんだ。
　もしかしたら、私をここに呼んでくれたのは、認めてくれたってことなんじゃないかって思っていたけど、そんなことはなかった。
　彩花ちゃんから、許しが出るわけがなかった。

「でも、翼くんは私との時間を大切にしたいって言ってくれた」
　強気で言っていい。
　だって、彼がそう言ってくれたんだから。
「ムリでしょ。お母さんのこともあった。それを利用したらズルいって言われるかもしれないけど、私は構わない。呼んで、翼が絶対に来てくれるならそれでいい」
「お母さんのこと……？」
　意味がわからない。
　なにがズルいの？　お母さんのことってなに？
　私がそれを聞いたら、彩花ちゃんはビックリした顔で言った。
「知らないの？」
「し、らない……」
「なんだ。あなたのこと、ライバル視してたけど、たいしたことなかったのね。あんな大事なこと、翼から教えてもらえないんだから。あなたって本当に彼女なの……？」
　ドク、ドクと心臓が低く鳴る。
　嫌な予感。この雰囲気から逃げだしたくなった。
「翼の父親は７年前に事故で、母親は去年病気で亡くなったの」
　ずしり、と重たいなにかが頭に直撃した気がした。
　なんで、なんでそんなこと……。
　ひと言も言っていなかったのに。
「母親は翼が部活をしている時に亡くなった。これを聞い

たらわかるでしょ？　翼の痛みは、あなたなんかには理解できないの。翼とあなたは違う世界にいる。だから、教えてもらえなかったんでしょ？　あなたに言ったって、わかってもらえないから」

　彩花ちゃんは、勝ち誇った顔をする。
　言う必要はない。
　わかってもらえないから。
　だから話す必要がないの？
　彼女なのに？
　疑問ばかりが、私の頭を支配する。
　なんで、なんで教えてくれなかったの……。
　放心状態の私に、彩花ちゃんは言った。
「母親の最期に立ち会えなかった翼は、私が呼んだら絶対に来てくれるの。なにがあってもね。だから私はそれを利用する」
　なにも考えられない状態であっても、感情だけはしっかりと動いてる。
「そんなの卑怯(ひきょう)だよ……」
　だって、それならさらにひどいから。
「それを利用して呼びだすなんて、卑怯だよ！」
　傷ついている人のトラウマを利用する。
　そんな人が、翼くんの痛みをわかってあげられているとは思えない。
「そんなこと、しないでっ！」
「うるさいわね!!」

彩花ちゃんは、私の腕をがしっとつかむ。
「あなたになにがわかるの？　痛みも知らない、なにひとつ不自由のない暮らしをしてる人に、なにがわかるの？　いいかげん翼につきまとうのやめてよ！　迷惑なのっ！！」
　ぐっと力強く押された私の体は、うしろへと飛んで壁に当たる。
　ダンっと、鈍い音がひびいたと思ったら。
　──ガラッ！
　翼くんが慌てて部屋に入ってきた。
「ゴホッ、ゴホッ」
　咳きこむ彩花ちゃんにかけよる翼くん。
「おい、大丈夫か、彩花？」
　翼くんが先に向かったのは、彩花ちゃんのほうだった。
　違うよ、翼くん。
　突きとばされたのは、私だよ……。
　心が痛い。
　翼くんが来てくれて、うれしそうに勝ち誇った顔でこっちを見る彩花ちゃんに、私はうつむく。
　ダメだ。
「心？」
　ダメだ。
　敵わない。
　この部屋に入る時、翼くんは必ず先に彩花ちゃんを見る。
　教室に入れば私を見てくれるのに、病院では違うんだ。
　ここでは、翼くんにとっての一番は彩花ちゃんだから。

「どうした？　なんかあったのか？」
「ううん、なにもないよ」
　ここに来るといつも思う。
　なんの話をしているんだろうって。
　思い出話とか、翼くんの話とか、私はぜんぜんついていけなくて。知らないこともたくさんあって。
　そして……大事なことも教えてもらえなかった。
　ねぇ、そしたら彼女ってなんだろう。
　一番でもない。
　翼くんの大事なことも教えてもらえない。
　そんな彼女って、なんなんだろう。
「ごめん……もう帰るね」
　私と、彩花ちゃん。
　同時に海に沈んだら、きっと私は溺れてしまう。
　翼くんはいるのに。
　目の前に見えているのに、きっと翼くんは彩花ちゃんを先に助けだすから。
　つらい、苦しい。
　今は溺れていないのに、酸素をうまく吸えていなくて、苦しい。
　私はバッグを持って勢いよくドアへ向かうと、翼くんの叫び声を無視して、部屋を飛びだした。
「心！」
　恋っていうのは、楽しいものだと思ってた。
　それが、両想いになったら、もっともっと楽しくなるん

だって思った。
　だけど……。
「苦しいよ」
　実際は、そんなにうまくはいかないんだね。
　おとぎ話のように、幸せに。
　そうなるとはかぎらないんだね……。
　目に浮かぶ涙をこぼしながら、私は家へと帰った。

　その日の夜。
　翼くんから電話がかかってきた。
「もしもし……」
「もしもし、俺」
　翼くんの声が聞こえることに、安心感を覚える。
「うん」
「病院でのこと、ごめん。彩花のほう、先に心配してごめん」
「ううん」
　いいの。
　本当はそうでなきゃいけないはずだから。
　だけど、ちょっとさみしかったんだ。
「あと……追いかけてやれなくてごめん」
「ううん」
　彼は私に、たくさんごめんと言った。
　本当は違う、ごめんなんて言わせたいんじゃなくて。
「……っ」
　ダメだ。

今、口を開くと、彼の過去のことを問いただしてしまいそうだった。
　そんな簡単に触れていい話題じゃない……。
「これからはさ、お前だけ。ずっとお前といるから」
「うん」
　きっと大丈夫。
　今は話してくれなくても、きっと彼は教えてくれる。
「明日はファミレス行って話したいよ。いっぱい、いろんな話したいよ」
「おう」
　彼がつらいなら、それを半分もらってあげたいと思う。
　なにかあったら、頼ってほしいと思う。
　だって、好きな人にはずっと笑顔でいてほしいから。
　そう思うのは……。
　私だけじゃないよね？

*失いたくない

【星野翼side】
　大切なものは、いつも見ていないと、いつの間にか消えてしまうんじゃないかと思って不安になる。
　少し気を抜くと、気づけばいなくなってしまうんじゃないかとこわくなる。
　なにかを失うのは、想像を絶するくらいこわい。
　まっ暗な場所にひとりで置きざりにされ、自分の声が届かないくらいの恐怖を知っている。
　だから失わないようにって、俺は一生罪悪感を抱えて生きていく。

　昨日、彼女はあんなにも悲しい顔をしていたのに、今日は俺に笑顔を向けた。
　この笑顔が好きだ。
　だけど、最近は悲しませてばかりだと思う。
　昨日も心は、カバンを持って病室から走りだした。
『心っ！』
　走り出した彼女を追おうとドアに向かう。
　しかし、
　──パシン。
『嫌……っ行かないで！』
　俺は彩花に腕をつかまれた。

『あの子のところに行っちゃ嫌だ!! 翼も気づいてるでしょ？ あの子は翼とは違うんだよ、ぜんぶ持ってるの。あんな子に、翼の気持ちなんてわかるわけないよ』
『べつにいいよ』
　悲しみは共有したくない。
　心にはずっと笑っていてほしい。
　悲しいのは、俺だけが持っていれば十分だ。
『なんで……っ、前まではずっと私のこと見てくれた！ なのに、なんで彼女なんて作ったのよ……っ』
　彼女はいらないと思ってた。
　好きとか言う感情を持たれるのもめんどくさいし、守りたいという存在がいなかったから。
　だけどいつからか、俺の視界には、心が映りだした。
　１回目の告白はごまかした。
　だって、俺が誰かを幸せにするなんて絶対にムリだから。
　だけど２回目の告白は、アイツがあまりにも一生懸命で涙を流しながら言うから、思わず俺は本音を言ってしまった。
　自分も好きなんだと。
　今まで暗い道で足ぶみしていた俺に、お前は……。
『見て、お揃いだね』
『それでね……ここをくっつけるの。ほら！ ハートができた』
　明かりをともしてくれた。
　毎日が楽しくなった。

『わるい。けど、もう心を大事にしたい。わかってほしい』
『嫌だ、翼がいないと私死んじゃう。生きてけないよ！』
『そんなこと言うなよ』
　しかし、彩花は布団にくるまりながら泣いていた。
『やだよ、ずっと一緒にいてよ』

　幼なじみの俺たち3人は、小さな頃から一緒にいた。
　だけど彩花は生まれつき持病を抱えていて、入退院をくり返し、あまり学校には行けなかった。
　症状が重い時は病院から出ることも禁止されているが、軽くなる時は外を出歩くことも大丈夫な病気だった。
　おもに呼吸器の病気だ。
　もちろん、命にかかわることもある。
　俺も小さい頃から病院に行って、彩花と遊んでいたが、去年母が死んでから、病院に行く回数は増えていた。
　不安だったんだ。
　見てないと、消えてしまいそうで。
『彩花、ストラップ……返してほしい』
　おとといい、心とお揃いのストラップを彩花に取られ、つけていくことができなかった。
　家に忘れたとウソをついたけど、アイツ、ちょっとさみしそうな顔してたな。
『……あれなくしちゃったの、ごめん。わざとじゃないんだよ、本当に。ポケットに入れてたら、どこかに行っちゃったみたいなの』

第3章　悲しみのプリンセス ≫ 177

　涙をふきながらそう言う彩花に、俺は強く言うこともできず、病室を出た。
『明日からは来ないから』
　それだけを残して去った。
　ストラップ、どうしよう。
　心になんて説明しよう。
　ぼーっとしながら俺は、誰もいない家に向かう。
　父も死に、母も死んだ俺はひとりで暮らしていた。
　ひとりで食べるご飯は、なにも味がしない。
　でも、心が作ってくれた弁当はおいしすぎて、温かすぎて、俺は涙を流してしまった。
　また、食べたい……。
　けど、ストラップ、どうしよう。心になんて説明しよう。

「おーーい！　聞いてんのか、翼」
　すると、渉が俺に話しかけていたようで、俺の顔の前で手をふった。
「あ、わるい」
「なーに、また泣かせたのかよ？　心ちゃんのこと」
　渉は最近俺らのことをよく見ている。
　なんかあるたび察知して、話しかけてくる。
「…………」
　だからって教える義理(ぎり)はねぇけど。
「お前もさ、そろそろ決意して、心ちゃんの王子様になってやんなきゃダメなんじゃねぇの？　彩花のこともさ、

ほっとけばいいじゃん。お前が一緒にいる必要ねぇんだから。じゃないと誰かに取られんぞ」
　本当に、渉の言うとおりだと思う。
　だけど、それができないんだ。
「昨日、彩花にちゃんと言ってきた。もう必要以上に行かないって」
「おう」
「これからは、ちゃんと心を大事にする」
「おう」
　渉にそう言うと、俺は席に戻った。
　大切にするんだ。
　はじめて愛しいと思ったアイツを——。

「翼くん、帰ろうか」
「あぁ」
「ファミレスでパフェ食べたいの」
「ふっ。いいな、それ」
　楽しそうに笑うお前を見ていると、やっぱり心は癒やされる。
　ずっと笑っていてほしいと思う。
　だから、住む世界が違うと言われたって、俺はべつに構わない。悲しみは俺だけが背負って生きていく。
「翼くんは、なににするの？」
「俺はコーヒーでいいや」
　店員を呼んで注文する。

おいしいものを頼む時、心はすっげぇうれしそうな顔して頼むんだよな。
　その様子を見ていると。
「なによー」
　心は恥ずかしそうに頬をふくらませた。
「いや、べつに。かわいいと思っただけ」
　最近は素直に思ったことを言って、まっ赤になる心を見るのが好きだ。
「イチゴパフェとコーヒーになります」
「うわぁ!!　おいしそう……」
　運ばれてきたものを見て、目をキラキラさせて幸せそうな顔をするところも好きだ。
「翼くんも食べる？」
　心は、自分の好きなものは毎回俺にもくれようとする。
　それで、半分こってうれしそうに笑うんだ。
「ん、じゃあもらう」
　自分が言ったくせに。
　食わせてって言うと、お前は恥ずかしそうにするよな。
　そんなところを見るのも好きだ。
「ごちそうさまでした」
　あとは、食べたら必ずごちそうさまと言う。
　たったそれだけのことも、大好きだと思った。
　——心が好きだ。
　こんなに好きが詰まっているのに。
　——ブーブーブー。

【FROM：彩花
ストラップが見つかったから、今日来てほしい】

　どうして、こんなにうまくいかないんだろう。
　どうして、いっつもこうなってしまうんだろう。
　守るものがふたつある。
　そういう時、人は同時に守ることはできないんだろうか。
「どうかした……？　翼くん」
「いや、なんでもない」
　だから、俺はウソをつく。
　どっちかを傷つけないために、ウソをついて安心させる。
　それは、罪悪感と引きかえに。
「帰るか」
　そう言って、彩花のところに向かうんだ。
「ねえ、翼くん、今日は行かないよね？」
「うん」
「まっすぐ家に帰るんだよね？」
「うん」
　この時の俺はわかっていなかった。
　傷つけないためのウソが、もっと人を傷つけることを。
「じゃあ、また明日ね！」
「あぁ」
　心の笑顔を見て、安心して俺だけが罪悪感を背負っていけばそれでいいと思っていた——。

*どうして教えてくれないの？

　翼くんと別れた私はご機嫌だった。
『お前を大事にする』
　そう言ってくれたから。
　彩花ちゃんのところには、必要以上に行かないって言ってくれたから。
　だから、次の日。
　こんな話を聞くことになろうとは思いもしなかった。
「え……？」
　授業がある土曜日の朝、深刻な顔で理沙ちゃんに聞き返す。
　どうか、この話は私の聞き違いだと言ってほしい。
「だーかーら！　見たよって、その彩花って子。昨日、隣町まで買い物頼まれた時に見たんだよ～。星野と一緒にいたから、まちがいないと思う」
　どういうこと？
「だってアイツ、定期的に病院行ってるんでしょ？」
　昨日は行かないって言ったのに。
　約束したのに……。
　どうして？
　涙が出るよりも先に、頭の中は疑問ばかりが支配した。
「心？　どうかした？」
　理沙ちゃんには言っていなかった。

もう翼くんが病院に行かないと言ってくれたこと。
「ごめん……ちょっと保健室行ってくる」
「え、ちょっ心!?」
　教室を飛びだして、思うことはいろいろあったけど、この話を聞いたところで、翼くんになんて言ったらいいのかもわからなかった。
　翼くん……私、もうわからないよ。
　なにが本当なの？
　翼くんは今どう思っているの？
　どうしてウソついたの？
　保健室に先生はいなかった。
　空いているベッドに腰を下ろしてうつむいていると。
　その瞬間──。
　勢いよく、保健室のドアは開いた。
「心っ！」
　嫌だ、今一番会いたくない。
　翼くんの顔を見たら、自分が言いたいことをぜんぶ言ってしまいそうでこわい。
「どうしたの？」
　きっと飛びだしてきた私を追いかけて、探してくれたんだろう。
　翼くんは心配そうな顔で私を見た。
　そんな、顔しないでよ。
「昨日……翼くん、彩花ちゃんのところに行った。行かないって言ったのに、行った……」

私の言葉を聞いて、はっとした反応するのを見るのも嫌だった。
「ごめん……」
　聞きたいのはその言葉じゃない。
「本当にごめん……」
　ごめんなんて、いらないよ。
　なんで行ったの？　どうして、私にウソをついたの？
　私が聞きたいのは、それだよ……。
　だけど、なにも言おうとしない彼に、私は言った。
「もう翼くんがわからないよ。大切な存在がいるってわかってる。守りたいんだって気持ちもわかる。だけど、ずっとそっちばっかり見られちゃ、わからないよ……っ」
　はじめてだから、いつも自信がない。
　彼が私を見てくれてるってわかっているのに、不安で、気づいたら彩花ちゃんのほうに行っちゃうんじゃないかって思うの。
　だって、彼女のほうが翼くんのこと、よく知ってるから。
　私なんかよりもたくさん一緒にいて、たくさんの思い出がある。
　私がいっさい踏みこめないことまで知っているから。
「不安なんだよ……っ。ずっと、ずっと、翼くんの背中を見るたび不安になるの。それなのに、ウソなんてつかれたらわからないよ……っ。本当に私のこと好きなのか、わからなくなっちゃうよ」
「ごめん」

彼はもう一度、そう言った。
「私……聞いたの、翼くんの両親のこと、彩花ちゃんから」
　彼の表情が少し変わる。
　それはたまにする、さみしそうな顔だった。
「教えてほしかった……。私にわかる痛みなんかじゃないけど、それでも教えてほしかった」
　私のお弁当を食べた時、彼は涙を流した。
　それはやっぱり……。
『なんかすっげぇもん見た時とかに、涙出んの』
　こんな理由ではなくて、もっと、もっと深い悲しみからくるもので、気づいてあげられればよかった。
　だけど、彼もなにも言ってくれなかった。
「教えてほしかったよ……」
　彩花ちゃんの口からではなくて、翼くんから聞きたかったの。
「つらい時、守ってあげられる彼女でいたかった」
　私がそう言うと、翼くんは小さく謝る。
「ごめん……」
　そして。
「でも、それって言う必要あるのか？」
　翼くんは視線をそらしながら言った。
　──ズキ。
　翼くんの放った言葉は、私を傷つけるものだった。
　彩花ちゃんが言ってた言葉と同じだ。
　私にはわかってもらえないから言う必要がない。

言う必要があるのかなんて聞かれたら、こう答えるしかできない。
「ないよ……、ないけど……」
　じゃあ、なんで翼くんがそんな顔をするの……？
「ないけど……っ、翼くんが悲しいって思ってる時になにかしてあげられないのかな？　助けてあげたいって思うのは……っ、迷惑なのかな？」
　私に言っても、同じ気持ちになることはできないかもしれない。
　でも、同じ気持ちじゃなきゃ、翼くんを救うことはできないのかな？
「ひとりで抱えこまないでって思うのは……っ、お節介なのかな……？」
　もう、目には涙がたくさんたまってる。
　翼くんをまっすぐ見つめても、視界はぼやけて見えなくて、それは翼くんの心が見えないのと同じようだった。
　わからない、やっぱりぜんぜんわからないよ……。
　なにがいいの？
　なにが正解なの？
　どうすれば、恋ってうまくいくの？
「俺……」
「ごめん、私……もうわからない」
　翼くんの言葉をさえぎって、私は保健室を飛びだした。
　翼くんが好き。
　思うことはたったそれだけなのに、どうしてこんなにう

まくいかないんだろう？
　好きって言えば、俺も、って返してくれる。
　それなのに、なんで彼は、私から遠ざかっていってしまうんだろう。
「ひっく……」
　好きな人ができる、それは幸せなことだと思った。
　好きな人が自分を見てくれる。
　それはもっともっと幸せなことだって思ってたのに。
「苦しいよ……っ」
　今の私は息ができないほど苦しくて、海の底に溺れて沈んでしまいそうだった。
　その苦しさから逃げるように走って屋上に行こうとしたら、途中でうしろから腕をつかまれた。
「翼く……」
　これでもやっぱり期待して、うしろをふりむく。
「心ちゃん……」
　──違う。
　私の手をつかんだのは、翼くんではなくて、佐野くんだった。

　運命の王子様。
　おとぎ話は素敵すぎて残酷だ。
　夢を見てしまう。
　素敵な王子様が、きっと私を迎えにきてくれるんだと
　期待してしまうから──。

*キミを支えたい

　私は佐野くんと一緒に、屋上の段差に腰かけた。
　佐野くんは屋上についても、なにも話さずに黙りこんでいて、少し気まずそうに私から目線をそらした。
　もしかして、私と翼くんの会話を聞いていたんだろうか。
　ぐすっ、と鼻をすすると、ようやく佐野くんは口を開いた。
「翼のこと、許してやってほしい……」
　頼みこむように言うその言葉は、なんだか少し苦しげだ。
「アイツ、昔から伝え方がへたくそなんだ……。守りたいって思ったら、極端(きょくたん)に一緒にいちまうし、思ったことも上手に言えない」
　いつもの口調とは、まるで違う真剣な声。
　それほど、翼くんのことを大事に思っているんだってわかる。
「さっきの言葉だって、ちゃんと意味があったはずなのに、伝え方がへたくそなんだよ」
「……っ」
　私はぎゅっと手を握りしめる。
「聞こえたんだけどさ。過去のこと、教える意味あんのって聞いたのは、きっと、心ちゃんにそれを教えたら、心ちゃんがつらくなるってわかっているのに、それなのに言う必要あるのか、って意味だと思うんだ」

私だってわかってる。
　翼くんは一見冷たく見えるけど、そんな人じゃないってこと。
「でも……」
「毎回言ってたから。心ちゃんには、ずっと笑っていてほしいって。悲しいことは共有したくないんだって。ひとりで抱えこんでいくから、過去のことは言わないでほしいって頼まれてたんだ」
　その言葉を聞いた瞬間、私の胸がぎゅっと苦しくなった。
　あの言葉の裏には、優しさがあった。
　翼くんなりの。
「彩花のことも……きっと見放せないんだ。父親は、翼が学校に行ってる間に事故にあい、母親は部活中、病院で亡くなったから」
　佐野くんがうつむいて話す。
「自分が見ていない間に大切な人がいなくなる。そんな経験をしたから、誰かを放っておくことができないんだ」
　つらいのは、私じゃない。
　苦しいのは、翼くんのほうだ。
　ずっと、ずっと、ひとりで苦しみを抱えてきた。
　それは不安で、こわくて、私なんかが想像もできないほどのつらさで……。
　きっと、悲しい日もあった。
　苦しくて、嫌になる時もあった。
　それなのに彼は。

「笑ってくれた……っ」
　私に笑顔を見せてくれた。
　それだけで、幸せだってわかってたはずなのに。
「私っ……いつから欲張りになっちゃったんだろう……っ」
　一番に見てほしい。
　一番に愛してほしい。
　やっぱり、主役がいいって。
　そんな欲張りなことを思うようになったのは、いつからだろう。
　幸せだよ。
　翼くんが笑ってる。
　たったそれだけで、私は幸せになれるのに。
　翼くんが自分に愛をくれてるってこと。
　優しい人だから、私に過去のことを言おうとしなかったってこと。
　考えれば、ちゃんとわかるはずなのに。
「佐野くん……私、ちゃんと話してみる」
「うん」
　いつも王子様が救ってくれる。
　そんなのはあまえでしかなくて、現実はおとぎ話みたいに夢のあることだけではないから。
　そりゃ、うまくいかない時もある。
　だけど、大好きだって思うから、誰かの言葉で自分を変えられる。
「涙ふきなよ」

「うん」
　差しだされたタオルは今度は私のものではなくて、しっかりと佐野くんのものだった。
「こんなにさ、たくさん泣いてたら……心ちゃん、泣き顔のプリンセスになっちゃうね」
　泣き顔のプリンセス。
「それは嫌だなぁ……」
　涙をふきながらそうやって言うと、佐野くんは真剣な顔をして言った。
「じゃあ、笑っててよ」
「そうだね」
　私がもし仮にプリンセスなら、やっぱり笑顔がいいから。
　最高の笑顔を王子様に見せてあげたいから。
「話してくるね！」
　私は涙をふいて立ちあがった。

　屋上を出て翼くんを探していると、彼は校舎裏のベンチに座りこんでいた。
　佐野くんが、翼が考えごとをする時はいつもそこにいる、って言っていたから来てみたら、やっぱり彼はそこにいた。
　顔をうつむかせて、体を預けるようにベンチに座っている。
　授業はもう始まっているのに……。
　人のこと言えないけれど。

彼の近くに行っても、気づく様子はない。
翼くん──。
そう、たしかに彼は近くにいるんだ。
こんなふうに近くに、手を伸ばせばすぐに触れられるほど。思わず伸ばした手は、翼くんの頭に触れた。
「ん……？」
彼はそれに気づくと、私の手を優しくつかんでこっちを見た。
「心……？」
さっきまで寝ていたのか、寝ぼけた様子で私を呼ぶ。
その表情がさみしげで、私は返事をしてあげたくなった。
「そうだよ……」
いつだって彼は苦しみとともに生きている。
その苦しみを誰かと半分こにするわけでもなく、自分ひとりで抱えてきた。
「心」
私に手を伸ばす彼は、泣きそうな顔をしていた。
「翼くん……」
そんな泣きそうな顔をしないでよ。
思わず彼に手を伸ばし、彼の手をぎゅっと握る。
温かい。
「ごめん、約束破ってごめん……」
本当はこんな顔をしてほしいわけじゃないのに、そうさせてしまった自分に腹が立つ。
ぎゅっと強く手を握って翼くんを見ると……。

「守れない約束はしないでほしい」
　私はひとつだけ、彼に向かって言った。
「うん」
『会わないで』は、もう言わない。
　彼を傷つけるワガママはもう言いたくないから。
　だから、これだけは守ってほしい。
　それと……。
「好きだから……大好きだから、そのぶん翼くんのこと支えたい。さっき、なんで言ってくれないのって問いただして、ごめん。無責任なこと言って、ごめん。それでも翼くんがつらい時、放っておくのは絶対に嫌だ」
　さっきふいた涙が、また流れでそうになる。
　これじゃあ、佐野くんの言ったとおり、泣いてばっかりのプリンセスだ。
　ずずっと鼻をすすって彼を見たら、彼は小さい声でつぶやいた。
「大切な人は、いつも俺の前から突然いなくなる」
　翼くんの握りしめる手はふるえていた。
「こわいんだ。今までいて、当たり前だと思っていた大事な存在が突然消えて、当たり前じゃない生活が始まる。すっげぇ、こわいんだ」
　遠くを見つめる翼くんの瞳には、なにが映っているのだろう。
「だから……もうこれ以上、そんな存在を作るのが嫌だった。友達も、恋人も、俺にはもういらない。高校は卒業で

きるだけでそれでいいって、ずっと思ってた」
　彼の本音があきらかにされていく。
　まわりからあんなに騒がれていても無視をして、私とも話そうとしなかったのは、そんな気持ちがあったから。
「だけど俺は、お前のことを好きになった。それで、はじめて人を愛しいと思った」
　遠くを見ていた翼くんは、今はしっかりと私の目を見ている。
　まっすぐに、そして真剣に。
「はじめて大切にしたいと思った。それなのに、泣かせてばっかりで、たくさん傷つけて、誰かを大切にするのは、こんなにもむずかしいって知った」
　そんなこと、ないよ。
　傷ついたり、泣いたり、たくさんしたかもしれない。
　だけどそのぶん、たくさん笑って、たくさん幸せだって思った。
　翼くんから、たくさんの幸せをもらってるんだよ。
「それでも、やっぱり、お前のことを離したくねぇ。一緒にいてぇって思った」
　力強い瞳は、私をドキッとさせるには十分だ。
　高鳴る心臓を抑えながら彼を見ると、彼は言った。
「お前に言いたいことがある」
「なに？」
「俺はお前に、自分の悲しい気持ちをわけたくない。半分こは、このストラップだけで十分だと思ってる」

彼がポケットから取りだしたストラップ。
　最近見ることはなかったから、久しぶりな気がした。
「それでも、お前が俺を救いたいって言ってくれたのは、純粋にうれしかった……」
　じんじんと、熱い思いとともに涙がこみあげてくる。
「だから……抱えこめなくなったら、俺の話を少し聞いてほしい」
　翼くん……。
　やっと頼ってくれた。
　どこかさみしげな表情を浮かべる彼を。
　手作りのお弁当を食べて涙を見せる彼を。
　救いたいって思ってた。
　半分こは好きじゃないなら、じゃあ少しだけ、私に預けてくれればいい。
　抱えこめなくなる前に、少しずつ私にわけてくれればいいな。
「それと、その……」
「ん？」
　言いづらそうに言葉をにごしながら、翼くんは言う。
「俺の……、その、お姫様？はお前だけだから……」
　ドキン――。
「いくら大切な存在がいても、お前が俺のお姫様なわけで」
「わかった、翼くんもういいよ」
　まっ赤な顔して、目をそむけながら言う彼は、とっても恥ずかしいんだってわかる。

第3章　悲しみのプリンセス 》》195

でも、それでも言おうとしてくれたんだね。

プリンセスは誰でもなれるわけじゃない。
たとえ王子様に大切な存在がいたとしても、私がプリンセスであることには変わりないから。
「好きだよ、翼くん……」
「俺も、好きだ」
　大好きな人に好き、という言葉をもらえる。
「んっ……」
　そして、キスをもらえること。
　これが特別な証。
「へへっ……恥ずかしいね」
「しょっぱい」
「翼くんのせいだよ」
「ごめん」
　彼は私の涙をぬぐう。
「ウソ。幸せだよ、今すっごく」
「うん、俺も」
　そう言って見つめあって、キスを落とす。
　なんて幸せ。
　さっきまで泣いてたのに、今はもう笑顔になっちゃうね。
　もう大丈夫。
　だって私は幸せだから。
　思っていることを言えたから。
　でも、そう思っていた私は、まだまだあまかった——。

*絶対に来るよ

　季節は12月中旬。
　テストも終わり、もうすぐ冬休みに入る。
　あの時から、翼くんは彩花ちゃんのところに行くことは少なくなった。
　でもたまにまだ、デート中に連絡が来ることはあるんだけれど。
「ねぇねぇ、翼くん。クリスマスイブさ、一緒に過ごそうね」
「あぁ」
　今の私は、それが楽しみで仕方ない。
　毎日毎日そのことばっかり考えて、ウキウキしてる。
「駅のでっかいクリスマスツリーがあるところで待ち合わせをするの！」
「ふっ、なんで？　俺が家まで行っても……」
「ダメ!!　待ち合わせも大事なの」
「出たーー！　心ちゃんの乙女チックな考え〜」
「佐野くん！」
　佐野くんはあの時から、さらに私のことを気にしてくれる。
　あの時佐野くんが声をかけてくれなかったら、仲直りはできてなかったかもしれない。
「ちゃんと応えてやれよ？　翼くん」
「うるせぇ、"くん"づけすんなキモい」

相変わらず翼くんは佐野くんに冷たいけれど、私はすっごく感謝してる。
「で？　なにして過ごすの？」
　すると、理沙ちゃんも話に入ってきて、私は自分の思い描いているデートを話しはじめた。
「お店を見てまわって、それでちょっとロマンチックなところでご飯を食べて、それで、それでイルミネーションの下を手をつなぎながら歩くの!!　すごくいいと思わない？」
　ずっと夢だった。
　好きな人と、素敵な時間を過ごすこと。
「出た、出た〜」
「ロマンチスト〜」
　ふたりにはこんなこと言われちゃうけれど、絶対に楽しいと思うんだ！
「……いいじゃん」
「へ？」
「ぜんぶ、やってやる」
　すると、翼くんはみんなの前で言った。
「俺がぜんぶ、叶える」
　翼くん……っ。
　ふたりは、キャーなんて言いながらからかっているけど、恥ずかしがり屋の彼が、みんなの前でそう言ってくれるのは、本当にうれしかった。
「約束だよ！」

「あぁ、約束な」
「ちょっと〜、最近ふたり大胆だよね。人がいるって言うのにさ〜」
　うう、たしかに……。
　理沙ちゃんの言葉に少し反省。
　なんていうか、まわりが見えなくなっちゃうんだよね。
「本当〜。俺も約束な、とか言いてぇわ」
　佐野くんの言葉に、くすりと笑う。
「でも佐野くん最近、女の子と一緒にいないよね？」
「なになに、好きな人できたの!?」
　私たち女子はこういう話に興味津々(きょうみしんしん)だから、食いつくように聞く。
「さぁ、どうだろうな？」
　佐野くんはおどけて言った。
　わわ、もしかして本当にできたのかな……？
「教えなさいよ〜」
「嫌〜だね」
　こんなふうに４人で話すことは、本当に楽しかった。
　だからこれから先も、卒業したって、大人になったって、みんなで集まってこうやって話していたいって思った。

　クリスマスイブの日。
　今日は、待ちに待ったデートの日だ。
　この日だけは特別なものにしたいから、髪を巻いて、落ちついたワンピースを着て、いつもとは違う感じにして大

人っぽくなるようにした。
　翼くん、気に入ってくれるかな？
「いってきまーす！」
「はーい、楽しんできな」
　いつもは朝から遊ぶけれど、今日は夜の７時に待ち合わせ。
　だって夜景が目あてだから。
　お母さんも、この日のこの時間に出るってことで気づいてるよね？
　鼻歌を歌いながら、駅前の大きなツリーがあるところに向かう。
　ツリーが見えてくると、その迫力に私は声をもらした。
「キレイ……っ」
　明るい時、ツリーの前を通ることはよくあったけど、こんな時間に通ることはない。
　本当……キレイだなぁ。
　これを翼くんとふたりで見られるんだ。
　奥にはイルミネーションを楽しむ専用通路のようなところもあるから、ご飯を食べ終わったら、そこに行くの！
　時計を見つめる。
　もうすぐ７時だ。
　早く翼くん、来ないかな……。
　イルミネーションのまわりを見ながら、たくさんのカップルとすれ違う。
　今日はどこに行くのかな、とか、きっと今わくわくして

るんだろうなぁ、なんて考えていたら、時刻は7時を過ぎていた。

　7時半……か。

　翼くん、遅いなぁ。

　なんかあったのかな？

　携帯を開いて見るけれど、連絡はない。

【なんかあった？】

　それだけをメールで送って連絡を待っていたけど、いっこうに携帯が鳴ることはなかった。

　事故とかじゃないよね……？

　念のため、翼くんが乗ってくる電車を調べてみる。

【通常運転】

　そうだよね。

　事故じゃないなら、いいんだ。

　遅刻だったら、会ってすぐに怒って、でも今日はクリスマスイブだから許してあげるって言うんだ。

　しかし、時刻は8時になった。

　さすがに、遅いと思って携帯に電話してみたけれど、翼くんは出なかった。

　冷たくなった手をこすって温める。

　だけど、ぜんぜん温かくならない。

　翼くん……どうかしたの？

　お腹すいたよ。

　携帯を握りしめる。

　せめて、せめて連絡さえくれば。

行きかう人たちを見つめ、ずっと翼くんのことを考えていたら。
「もう9時になっちゃうよ……」
　時計は、もうすぐで9時になるところだった。
　連絡はいまだに、なにも入らない。
　翼くん、翼くん……。
　2時間も外にいた私の体は完全に冷えきっていて、携帯を握っている手も感覚がなくなっていた。
　来ないかもしれないなんて、一番考えたくない。
　きっと、大丈夫。
　彼なら来てくれるからって自分に言い聞かせながら、私はしゃがみこんだ。
「寒いよ、翼くん……」
　怒ったりしないから、早く来て。
　今日はね、特別。
　だってクリスマスイブだから、すぐに許してあげるから、お願いだから私の前に現れて。
　すると。
　──ポン。
　その時、私の肩をたたく人物がいた。
「翼くん……！」
　やっと来た、やっと来てくれた。
　元気に顔を上げたら、そこにいたのは……。
「心ちゃん……」
　佐野くんだった。

「な、んだ……ちょっと翼くんかなぁと思って」
　ダメだ、泣きそうになる。
「翼くん、まだ来なくてさ。忘れてるのかな？　もしかして今寝てるとか……」
　──ぎゅう。
　涙をごまかすように、無駄にたくさんしゃべる私を、佐野くんは抱きしめた。
「佐野く……」
「寒いよ、心ちゃん体が冷え切ってる」
　冷え切った体は、佐野くんという温かさに包まれてほっとする。
「うん、やっぱりこの時期は冷えるなーって……」
「帰ろう、もう」
　いつも優しい佐野くんは、私の話をしっかり聞いてくれるのに、今日は言葉をさえぎってばかりだ。
　ぎゅっと握りしめる力も強かった。
「帰らないよ。約束したから……仲直りした日。もう約束は破らないでって、強く言っちゃったから。きっと来てくれる」
「でも……！」
　誰に言われても、この気持ちは曲げない。
　それが、私の翼くんに対する愛だから。
「待ちたいの、今日は大切な日だから。きっと翼くんは来てくれる」
　寒さで決心がゆらぎそうになる。

だけど、好きって気持ちはいくらでも人を強くする。
　たとえ寒くてふるえていても、たとえお腹がすいていても、いくらでも待ってられるから。
　真剣な目で佐野くんを見つめたら、彼は言った。
「そっか、じゃあ俺も一緒に待つよ」
　心強かった。
　ひとりでいるより数倍温かい。

　だんだんと減っていく人たちを見ないフリをして、私がじっと待ち続けていると、1時間たった頃。
　──パチ。
　クリスマスツリーの明かりが消えた。
　イルミネーションはもう、終わった。
「心ちゃん、もう……」
「まだだよ、あともう少し待ったらきっと……！」
　泣いたりしない。
　泣いたら、それを認めたことになる。
「来ねぇよ‼　アイツはもう来ねぇ‼」
　佐野くんの大きな声に、ビクリと体をゆらす。
　来ないわけなんてないって必死で思っていたのに、その頼りない自信は誰かのひと言によって、簡単に崩れてく。
　嫌だ、来るよ。
　きっと来るよ。
　泣かない。
　泣いたりなんて、しないんだから。

「もう少しだけ……もう少しだけ待ってる」
「心ちゃん!」
　佐野くんが、目を覚ませと言わんばかりに声をかける。
　どうしてそんなに必死で言ってくるの?
　私は待つって決めたんだよ。
　すると、佐野くんは私のことを今度はふわりと抱きしめて言った。
「見たんだ、俺……ここに来る前、翼が病院に向かうとこ。心配になって見にきたら、やっぱり心ちゃんはひとりでいて。それでもアイツが来ればいいって一緒に待ってた。でも来ねぇんだよ!　アイツはもう来る気がないんだ」
「や、だ」
　抱きしめられた腕を押し返す。
　ぶんぶんと首をふり、翼くんは見すてたわけじゃないと言い聞かせる。
「こんなに体冷やして、ひとりでずっと……寒かったろ、もう待たなくていい。家に帰ろう」
「嫌だ、やだ……っ、翼くんは来るよ!　絶対来るよ……っえ、く」
　涙が出てきたのは、もう来ないことを認めてしまったからだろうか。
　それとも、信じていた翼くんの裏切りを確信してしまったからだろうか。
　佐野くんの抱きしめる手が強くなる。
「心ちゃん……っ」

その声はとっても切なげだった。
「……ちゃえよ……。待ってても来ない王子様なんて捨てちゃえよ」
　佐野くんの小さい声が耳に伝わる。
　私はこの日、翼くんの姿を見ることはなかった。

*私の選ぶ道

　次の日のクリスマス。
　街は楽しさに包まれていて、私には過ごしづらかった。
　朝起きても、携帯に着信は入っていなくて、私は落ちこんだ。
「翼くん……昨日なにしてたの？」
　そうつぶやいた言葉は、部屋のすみにぶつかって消えた。
　あのあとは、泣きくずれた私を、佐野くんが家まで送ってくれた。
　行きはあんなに世界が輝いて見えたのに、帰りは光がぜんぜんなくて、前が見えない。
　ポッカリと心に空いた悲しみはまだ残っているけれど、一晩たって、私の心は落ちついていた。
　もしかしたら……。
　どこかで、こうなるかもと思っていたのかもしれない。
　私の気持ちはもう決まってる。
　だから、うじうじ悩むのはもう最後だ。
　翼くんに最後、ひとつだけ聞いて、彼に選んでもらうの。その答えで私は決める。
　泣きはらした目を冷やしてから家を出ると、教室にはいつもより遅めについた。
　今日が冬休み前、最後の学校だ。
　もうすぐ朝礼が始まる。

席についてカバンを置いた時、翼くんがすぐに話しかけてきた。
「心、話したいことがある……」
　私もあるよ。翼くん。
「うん、屋上行こうか」
　私たちは静かに移動して屋上にやってきた。
　寒い……。
　この寒さは、昨日の寒さを思い出させる。
　きっと翼くんと一緒にいられていたら、寒さのことなんて忘れられていたと思うのに。
　さみしかったんだよ……。
　電灯が消える時、同時にもう来ないと思った時。
　悲しくて、とってもつらかった。
「昨日は、本当にごめん……」
　頭を下げる彼を責める気はもともとない。
　だけれど。
「彩花のところに行ってた」
　その言葉を聞くのは、やっぱり嫌だった。
　きっとまた、気になっちゃったんだよね？
　翼くんにとって大事な人だから。
　わかってあげたいと思う自分と、わかってあげられない自分がケンカをするのは、もう何度目だろう。
「この日だけは、特別な日だったから一緒にいたかったよ」
「ごめん……」
　ダメなんだ。

やっぱり自分を見てほしいと思ってしまう。

　２番目でいいよって思えたら楽なのに、どうして人は自(みずか)らつらい道を走ろうとするのだろう。

「…………」

　彼は口数が少ない。

　言いわけもあまりしなかった。

　でも、せめて、今だけはたくさん言いわけをしてくれたらいいのにって思った。

　目が離せなかったからとか、彩花ちゃんのほうに大事態が起きたとか、そんなわかりやすい言いわけでもいいから。

　言ってくれなきゃ、そのまま私に伝わってしまう。

　ごめんだけじゃ、わからないんだよ。

　その言葉だけじゃ、女の子は不安になっちゃうんだよ。

　もう泣かないと決めたのに、涙が出そうになるから、私は覚悟を決めた。

「翼くん、私、昨日たくさん考えたの」

　翼くんを待ってる間、私は翼くんのことばかりを考えていた。

　どんな服で来るんだろう、とか。

　クリスマスツリーのことなんて言うんだろうとか、遅刻して、またごめんって申し訳なさそうに言うのかなとか。

　でも、しばらくたっても翼くんは来ないから、翼くんの過去のことを考えはじめたの。

　お弁当を作った時に泣いたこと。

　あれがうれし涙とか、懐かしいと思って流した涙だった

ら、また今度、作ってあげようって。
　少しでも翼くんのさみしさを減らせるように、たくさん、たくさん作ってあげるんだって。
　それから2時間たって佐野くんが来た時は、翼くん、今なにしてるのかなって考えた。
　どこにいるんだろう、どんな気持ちなんだろう。
　なにも考えてないといいな。
　家で寝てたって言ってくれるのが一番いいのにって。
　こんなにもずっと、彼のことを考えていた。
　翼くんが大好きだからこそ、私のことを彼に一番に見てほしいと思う。
　誰かのほうへ行ってしまう彼を、嫌だと思ってしまう。
　好きな人の前では主役でいたくて、2番目も、脇役も絶対嫌だと思う。
　だから。
「私のことを一番に選べないなら、別れてほしい」
　もう覚悟を決めて、この言葉を言うしかないと思った。
　自分の心は、いつまでもだませないから。
　真剣な表情で彼を見つめたら、彼はうつむいて小さな声で言った。
「ごめん……」
　それは、やっぱりムリだと言うこと。
　涙をこらえながらも、翼くんを見ると、彼は言った。
「俺、昨日……彩花とキスした……」
　ドクン——。

「な、に言ってるの……」
　信じられない事実にふるえる声で聞き返しても、彼はなにも言わない。
「ウソだよね……」
「ウソじゃない」
　ただ、そう言うだけで、私の顔を見ようとしなかった。
「それだけは、信じてたのに……」
　翼くんの言葉だけは、信じていた。
『星野くんの好きな人は……』
『お前だけ』
　そうやって真剣に答える翼くんの言葉も。
『いくら大切な存在がいても、お前が俺のお姫様なわけで……』
　そうやって恥ずかしそうに言う言葉も、ぜんぶ、ぜんぶ信じてたのに。
「さ、いてい……だよ」
　キスは特別な行為だ。
　眠り姫は王子様のキスで目覚め、美女と野獣もキスすることで魔法が解ける。
　大好きな人同士がするキスは、特別なものなんだよ？
「翼くんなんて……大っ嫌いだよ」
　目に涙がたまる。
　彼を好きになって、大好きだと言った。
　幸せだとも思った。
「もう、顔も見たくない……っ」

だけれど私は、いつでも……泣いてばかりだった。
　初恋は叶わない。
　そんな言葉が本当なら、はじめから恋なんてしなければよかった。
　叶わないとわかっているのに、頑張って。
　そしてこんなに傷ついて、苦しくなって。
　涙を流すことになるならば、恋という感情を知らないほうが幸せだった。
　心が痛くて、苦しい。
　両想いになることが、ゴールじゃないんだと知った冬。
　私はたくさんの涙を流した。

　泣き顔のプリンセス。
　泣いてばかりいる人がプリンセスだなんて、そんなおかしな話はない。
「翼くん……っ」
　私はもう、プリンセスにはなれない。

*私、ズルいんだ

 あのあと、私は屋上を飛びだして、走った。
 教室に戻ると、みんな終業式で講堂へ行ったあとで誰もいなくて、こぼれる涙をそのままに私はカバンを持つと学校を出た。
 走って、走って、どこへ行くでもなく、その現実から逃れるように私は走った。
 走って逃げても、なにかが解決するわけでもないのに。
 ドサー！
 視界がぼやけているのに全力で走った私は、途中で石につまずいて、地面で思いっきりひざを打った。
「痛い……」
 けれど、それ以上に心が痛い。
 私から出る涙は止まることを知らず、ポロポロと流れていく。
「翼くん……」
 その呼びかけには、誰も答えない。
「なんで、あんなことしたの？」
「あの言葉はウソだったの？」
 泣きながら、ひとりでそうやってつぶやいた時。
 ──ジリ。
 私の目の前で誰かが地面をする音がした。
「心ちゃん」

第3章　悲しみのプリンセス

「佐野く……」
　いつも、いつも悲しい時、私のところに来てくれるのは望んだ人じゃない。
　それでも、優しい、優しい彼だった。
「へへ……っ佐野くん、また来てくれたんだね？　でもダメだよ？　今は終業式の最中で……」
　——ぎゅう。
　私はまた、あの日のように佐野くんの温もりに包まれた。
　その温もりは私の心を落ちつかせる。
「あのね、私……フラれちゃったの。昨日……クリスマスイブの日。翼くん、彩花ちゃんと会ってキスしたんだって」
　佐野くんの手がぎゅっ、と強くなったのがわかった。
　言葉がたくさん出てくるのは、きっと佐野くんだから。
　今ある気持ちを、外に吐きだしたくて、聞いてほしくてしょうがないのかもしれない。
「ごめん、じゃなくて、お前だけを守るよって言ってくれないかなって期待してたのっ……」
　話せばきっと、この心の悲しみは消えてくれる。
「こんなことを聞いてもね、私まだぜんぜん翼くんのことが好きで、今もね……っ、追いかけてきてくれるんじゃないかって思ってるの」
　佐野くんが話しかけてきた時でさえ、翼くんが来てくれたんじゃないかって思った。
「バカだよね……っ、私って、すっごくバカだよね」
　もう何度涙がこぼれたのかわからない。

目から流れるしずくは頬を伝って落ちていく。
「もういいよ、心ちゃん」
　きっと、佐野くんのワイシャツにもこぼれてしまってるだろう。
「ズルいんだ私……っ、好きな人に天秤をかけさせた。切り離せない大事な存在がいることはわかってたのに、どうしても一番に見てほしいって思ったの」
　彼を試してしまった私。
「こんなんだから……っ、ダメだったのかな？　こんなとしたから、きっとバチが当たったのかもし……」
「こんなんじゃない。」
　すると、佐野くんは私をしっかりと抱きしめて言った。
「純粋に人を好きになるって、そういうことだろ。一番になりたくて、なにがわるい？　自分を見てほしいって思うことの、なにがわるいんだよ」
　すっ、と心に入るその言葉は、私の苦しんでいる心を少し軽くした。
「自分のこと追いつめなくていいんだよ！　ムリに笑おうとしなくていい。話さなくたっていい。つらいなら、ただ俺の前で泣いてくれればいい……」
　私には、そんな資格ないよ……っ。
　だって彼に……ひどいことしたから。
「ムリなんだよ、俺……っ」
　佐野くんの手はふるえていた。
　そして力強い目。

その瞳はどこかで見たことがあるような気がした。
「好きな人が……こんなに傷ついてるのを見るのは……っ、ムリなんだ」
「えっ……」
　彼から出た言葉は、驚くべきものだった。
　つらそうな顔をしている佐野くん。
　いつも彼は私がつらい時、そばにいる。
　抱きしめられる手が温かい。
「ごめんな、こんなタイミングで言って。本当は自分の気持ちに気づいた時、一生かくしておこうと思ってたんだ」
　佐野くんは拳を握りしめながら言う。
「翼も心ちゃんも大事な友達だから、ふたりの仲を壊したくないって思ってた。だけど、ごめん……もうムリだ……」
　こんなに力強い目をしているのに、私を抱きしめる手は小さくふるえていて不安定だ。
「佐野く……」
「俺だったら、こんなふうに泣かせたりしねぇ」
　私の目から流れた涙をすくい取る。
「どこかに行ったりもしない」
　佐野くんから目がそらせない。
「心ちゃんのこと、一番に考える王子様になれるのに」
　……っ。
　ドキっと胸が音をたてたのは、佐野くんが切なそうな顔をしていたから。

いつも元気な佐野くん。
　まわりには女の子がたくさんいる彼なのに、今それはない。
　いつも以上に真剣で、私の目をしっかりと見る。
「なぁ、心ちゃん。すぐにとは言わない。だけど……これから俺のほうも見てくれねぇかな？　心ちゃんがつらい時、ずっと一緒にいるって約束するから。お願いだから……少しだけ俺を見てほしい」
　佐野くんの真剣な告白に、返事ができなかった。
　いや、彼が返事をさせなかった。
　佐野くんはそう告げると、抱きしめるのをやめて、私から距離をとる。
「ごめんな、心ちゃん。今こんなん言うなんてズリィよな。俺、心ちゃんが弱ってるのに……チャンスだと思ってる、ズルくてごめん」
　ぶんぶんと首をふる。
　ズルいのは、私も同じだ。
　恋とはとてもキレイなものなのに、その感情はよく見るとドロドロだ。
　恋をするとズルくなる。
　そんなふうに思ってもいいのなら、私の心は救われる。
　私も翼くんと彩花ちゃんのことを考えると、まっ黒な気持ちになってしまうから。
「俺さ、もう自分の気持ち、押し殺したりしねぇ。アイツがそんな気持ちなら、心ちゃんのこと、全力で奪いにいく。

俺が心ちゃんの王子様になるから」
　茶化していない真剣な目。
　今佐野くんが口にしていることが、すべて本気だって伝わった。
「佐野くん……っ」
　この日、変わったのは、私と翼くんが別れたということ。
　しかし、
「アイツ……絶対許さねぇ」
　もうそれだけではなくなっていた。

　ひとつのきっかけで、人は変われる。
　ひとつの変化で、人は変わる。
　誰かが動きだした時、それはまわりに影響する。
　ひとつずれてしまった時計の針があるならば、それはもう、外の力がなければ戻せない。
　この日から、私たち4人が集まって学校で話すことはなくなった。

*もう俺にはなにもできない

【星野翼side】

クリスマスイブの日。

俺は大好きな彼女を傷つけた。

待ち合わせの30分前。

準備をして、あるものを持って出かけようとしていたその時、電話が鳴った。

嫌な予感がして、携帯のディスプレイを見てみると、やはり彩花からだった。

今日は絶対に行かない。

そんな強い誓いを彩花に伝えようと電話に出ると、向こう側から聞こえてきたのは声ではなかった。

「もしもし」

「……っば、さ」

ガチャガチャと携帯がぶつかっている音がする。

「おい、彩花……？」

俺がそう問いかければ、彼女は苦しそうな声を出す。

「た、すけて……」

そして電話を切った。

行かない。

俺には心との予定がある。

本当に苦しいなら、俺に電話をかけてきたりしない。

病院にいるんだ、もしそうだったとしても、すぐ誰か来

てくれる。
　そうやって自分に言い聞かせて気持ちを落ちつかせるが、『た、すけて……』という彩花の言葉が耳を離れなかった。
　いつも誰かがいなくなる時は、俺がその場にいない時だった。
「くっそ……」
　俺は、カバンを持って、駅とは反対側のバス停に走った。
　バスから降りたあとは、できるだけ急いで病室に向かった。
　無事でいてくれ。
　どうか……前みたいなのは、やめてくれ。
「彩花……！」
　慌てて扉を開けたら、そこには本を読んでいる彩花がいた。
「彩花……」
「翼、来てくれた！　よかった……」
　仮病だったと、わかっていながら来たのは俺だった。
　責めるつもりもない。
「わるいけど帰る、今日は予定があるんだ」
「嫌だ……！　心ちゃんでしょ？　行っちゃ嫌だ‼　今日ね、本当に調子がわるいの。翼がいなくなったら私、死んじゃうかもしれない……っ」
　引っぱられる手をふりはらう。
「もうウソはつくなよ、俺は帰るから……」

部屋のドアに向かって歩きだした瞬間、ひゅっ、という風の通る音がした。

小さい頃、それをよく聞いたことがある。

母親と同じ、そうあれは発作の音。

「や、……つばさ……」

慌ててふり返ると、そこには呼吸ができなくて、倒れこんでいる彩花がいた。

「彩花！　彩花！」

慌ててナースコールを押すと、すぐに医者が入ってきて、俺は外に出された。

その間は、彩花の病状のことで頭がいっぱいになり、俺はなにも考えることができなくなった。

無事でいてくれ……。

願うように手を合わせて、うつむいていると、そのうち、彩花の親がかけつけてきて、俺は彩花の両親と一緒に医者が出てくるのを待っていた。

どのくらい時間がたったのかわからない。

なにもかも忘れてイスに座っていると、医者が話しかけてきた。

「キミは彩花さんと一緒にいた子だね。彼女は今、部屋で眠っているよ」

「はい……」

「それより、キミ、顔色がわるいが大丈夫か？」

「はい、大丈夫です」

自分がどんな様子だったのかは、まったく覚えていない。

俺は医者の言葉を聞いて、ふらふらと彩花の部屋に戻った。
　ぐっすりと眠っている彩花。
　呼吸もしっかりしているのを見て、俺は安心した。
　彩花の両親も彩花の顔を見て、ほっとしている。
「よかった……」
　彩花の母親が彼女の手を力強く握る。
　その時、彩花の両親は医者に呼ばれて病室の外に出ていった。
　静かになった部屋で、安心したとともに、思い出されたのは心の顔だった。
　時計を見る。もう10時を過ぎていた。
　なにやってるんだ、俺は……。
　我に返り、携帯を取りだそうとした時。
「翼……？」
　彩花が目覚めた。
「体、平気か……？」
「うん」
　今から行っても、待ってはいないだろう。
　だけど、それでも俺は心のところに行きたかった。
「じゃあ、帰るから……」
　そう言って立ちあがり、帰ろうとした瞬間。
　──ぐいっ。
　俺は彩花のいるほうへ引っぱられる。
　そして。

「ねぇ翼、好きだよ」
　俺は彩花にキスをされた。
「へへっ……奪っちゃった」
　ニコっと笑う彩花を、ただ見ていることしかできない。
　声も出ない。
「ねぇ、知ってる……？　今日のこのクリスマスイブの日にキスすると、特別なキスになるんだよ」
　今日という日を楽しみにしていた心の顔が浮かぶ。
『お店を見てまわって、それでちょっとロマンチックなところでご飯を食べて、それで、それでイルミネーションの下を手をつなぎながら歩くの!!　すごくいいと思わない？』
　たかが、クリスマスイブなのに、あんなにはしゃいでいる心を見て、俺もこの日が楽しみになった。
『まだかなぁ、クリスマスイブ早く来ないかな』
　この日を待ち通しそうにしている心を抱きしめたくなった。
　ふたりきりの時。
『大きいクリスマスツリーの前でキスしよう……恥ずかしいけどね、この日のキスは特別なものになるんだよ……っ』
　そう言ったお前を絶対に楽しませてやろうって思ってたのに。
　俺はけっきょく、行けなかった。
　けっきょく、またここにいる。

そしてまた、アイツを傷つけた。
「あれ、翼、ここにいてくれるの？」
　あんなに楽しみにしてくれたお前に、彩花とキスした俺が行けるかよ。
　心の前になんか行けるかよ。
　お前が言う、大切なキスはもうなくなった。
　そしたらもう、なにもかもどうでもよくなった。

　次の日、俺はお前と別れる決心をして心を呼びだした。
　言えることは、ごめんという言葉と、別れの言葉、それだけだ。
『この日だけは、特別な日だったから一緒にいたかったよ』
　ごめんな、本当に。
『翼くん、私、昨日たくさん考えたの』
　傷つけてばっかりでごめんな。
『私のこと一番に選べないなら、別れてほしい』
　お前の、王子様になってやれなくて、ごめん。
　それから俺は、涙を流して屋上を出る心を追わなかった。
　追う資格なんてねぇ。
　もうそばにいる資格もないから。

　次の日——。
　冬休みに入り、心と別れた俺は、心にぽっかり穴が空いてしまったみたいになった。
　そして、俺はいつまでもベッドから出なかった。

もう5時か。
携帯で時間を確認している時。
メールが届いた。

【FROM:渉
　話がある。いつもの公園で待ってる】

　それは渉からだった。
　いつもの公園というのは、俺たちが小さい頃よく遊んでいた、近所の公園のこと。
　話というのは……いや、考えるのはいい。
　今は行くことしかできない。
　上着を着て、外に出る。
　外はとても寒かった。
「よお」
　渉が指定した公園には、俺たち以外は誰もいなかった。
「おう」
　ふたりでベンチに腰かけて、黙りこむ。
　渉はいつも俺と会うと、自分から楽しそうに話を始める。
　しかし、今はピリピリした雰囲気で黙ったままだ。
　いつもの雰囲気と違うのは、もうすでにわかっていた。
「……お前さ」
　沈黙が続くなか、先に口を開いたのは渉のほうだった。
「心ちゃんのこと、フッたらしいな」
「あぁ」

フッたというよりは、俺には一緒にいる資格がないと思った。
　たぶん俺が心の近くにいれば、そのぶんだけアイツを傷つけるんだと思う。
「クリスマスイブの約束もすっぽかした」
「あぁ」
　言えることはなにもない。
　俺は約束を破って、彩花のところへ行っていたのだから。
「心ちゃん、10時まで外で待ってたぞ」
「そ、……か」
　3時間も……、俺のことを信じて待ってくれたのか。
　その事実に、自分を殴りたくなった。
　どんな気持ちだったんだろう。
　寒かったよな、心配もしたよな。
　こんなに思ってくれる人を、どうして俺は大切にできないんだろう。
「それなのにお前、彩花とキスしたんだってな」
「あぁ」
　魂の抜けきったような俺の返事に、渉は勢いよく立ちあがって俺の胸ぐらをつかんだ。
「ふざけんな!!　お前どんだけ、心ちゃんのこと傷つけるんだよ!」
　いつでも温厚な性格の渉に、こんなに怒鳴られたのははじめてだった。
「なんで手に入るのに大事にしない。どうして幸せにして

やらない。お前はなんで、しっかりと愛してやらないんだよ!!」
　大事にしたいって思ってる。
　俺だって、心以上に好きになれるやつなんていねぇんだ。
　幸せにしてやりたいって、心の底から思ってた。
　本当に思ってた。
　でも、それでも……できねぇものもあるんだよ。
「お前にはわかんねぇだろ、人を失うこわさが」
　つかまれた手をふりはらって、今度は俺が渉の胸ぐらをつかむ。
　すると、アイツは鋭くにらんで言った。
「わかんねぇな、人を失うことにおびえて、そばにいる大切な存在を傷つけてるやつの気持ちなんて。わかるわけねぇだろ」
　そう、だよな……。
　ゆっくりと俺の手が落ちていく。
　本当にそのとおりだった。
　わかるわけねぇよ、こんなひでぇことしたやつの気持ちなんか。
　わからないのが正解なんだ。
「お前に1個、教えといてやるよ」
　その目は真剣で力強い。
　心を決めたような目だった。
「俺は心ちゃんが好きだ。お前らが付き合う前からな」
　小さく低く発せられた言葉は、俺の耳に伝わって、動作

をストップさせる。
「ずっと、知らなかっただろ……っ。べつにそれでよかった。一生知られなくていいと思ってたよ。お前がこんなこと、しなきゃな」
　渉は拳を握りしめて言う。
「王子様になる気がないならくれよ。俺が心ちゃんを幸せにする」
「…………」
　なにも言えなかった。
　心の幸せになれる選択が渉といるほうなら、そっちのほうがいいとさえ思った。
「嫌だくらい、言えねぇのかよ‼」
　――ドカッ！
　頬に鈍い痛みを感じて俺は地面に倒れ、渉に殴られたのだと気づいた。
「……っ」
　鉄の味が口に広がる。
「お前はもう、王子でもなんでもねぇ」
　倒れた俺をにらみつけ、そして言う。
「ムカつくから、もう1個教えてやるよ。俺はお前のこと、昔っから大嫌いだったんだよ」
　渉はそこまで言うと、話しだした。
　過去のことを。
「中学の時の部活は、お前がキャプテンで俺は部長だったよな？　お前は俺に平気で部長に向いてるなんつってたけ

ど、心底ムカついたよ」
　はじめて聞く、渉の怒り。
　いつもそうやって、渉は我慢してくれていたんだろうか。
「俺がキャプテンをやりたかったことも知らずに、平気でそんなことを言うんだから、本当に悔しかったよ」
　あぁ、なんでそんなことすらも気づけなかったんだろう。
「いつもお前は、俺の上をいく。ほしいものも、好きな人も、すべて手に入るんだ。でもそのくせ、大事にしない。その姿勢が、すっげぇムカつくんだよ！」
　そして、もう一度俺の胸ぐらをつかむと言った。
「わかったか、俺の気持ち。話すのは今日かぎりだ。お前とはもう……絶交する」
　ぱっと手を離された時、渉の表情は少し悲しげだった。
　そうか。
　俺はずっと、渉をガッカリさせながら生きてきたんだな。
　なにも知らず、無責任なことを言い、大切なやつですら守れない。
「なにしてんだ、俺……」
　ずっと一緒にいた幼なじみの気持ちにすら気づかないやつが、同時にふたりを守るなんてできるわけねぇだろ。
　人はどうして、誰かを守る時、誰かを犠牲にしなくてはならないんだろう。
　そのくせどうして、大切な存在は増えていくんだろう。
　その問いかけは、誰にも届くことなく俺の心の中にしまいこまれた──。

第4章
泣き顔のプリンセス

*恋はズルく作られる

冬休みが明けて、学校が始まった1月初旬。

休み中にもいろいろあったけど、翼くんに会うことは一度もなかった。

もちろん連絡も、あれ以来ない。

本音を言ってしまえばさみしいけれど、翼くんに会うことがないのが最大の救いでもあった。

だって、会ったらまた彼のことを考えてしまう。

そして、好きだって思ってしまうから。

今はできるだけ考えない時間を増やしていくのが、一番いい。

時がたつにつれて、彼のことを考えている時間は減った。

それにはたくさんの支えがあった。

まず、理沙ちゃん。

理沙ちゃんには、翼くんと別れたということを冬休みに入ってすぐに伝えた。

その時は、とくになにか言うわけでもなかったけれど、頻繁に私を遊びに誘ってくれて、電話だってしてくれる。

それは理沙ちゃんなりに気づかってくれているんだと思う。

そして、佐野くん。

冬休み中、一番会っていたのは意外にも佐野くんだった。

ふたりで映画に行ったり、公園で遊んだり、電話だって

かかってきた。
　きっとあの時に、すべて佐野くんに話したから、心配してくれているんだろう。
　その気持ちが本当にうれしかった。
　だけど。
「心ちゃん、好きだよ」
　大胆に気持ちを伝えてくるようになった佐野くんには、少し戸惑っていた。
　佐野くんの気持ちには答えられない、と言ってある。
　でも、それでもいいんだって、迷惑じゃなければ俺の好きなようにやらせてほしい、って言われた。
　このままでいいのかなぁ……。
　だけど私にも余裕がなくて、どうしたらいいのか考えることができなかった。
　とりあえず、私は早く彼のことを忘れなくちゃ。
　それが一番先だ。
　そう決意しながら、学校が始まった。

　教室に入る前、私は息をすいこむ。
　私がクラスに入ってくる時、彼は私を見ると言った。
　だから見ない。もう絶対に。
　──ガラガラ。
　私は目を合わさないで入るんだ。
　そう心に誓って中に入ろうとしたら……。
　ドキン──。

そう、神様っていうのはイジワルだ。
あんなに見ないようにって、彼への恋心が戻ってこないようにって対策を立てたのに。
彼は今、私の目の前にいるのだから。
「……わりぃ」
——ドキン、ドキン、ドキン。
彼の声が私の体に流れこむ。
声を聞いただけなのに、たったひと言だけなのに、それはひどく懐かしく、私の心にすとんと落ちる。
抑えていた感情、悲しみ。
彼を好きだと言う気持ち。
２週間かけて彼を忘れる努力をしたのに、それは一瞬にして戻ってくる。
ズルいよ、恋ってズルいよ。
好きになるのは簡単なのに、簡単に好きじゃなくなることはできないの。
こんなのって、ズルすぎる。
「…………」
私はとっさに、教室を出た。
「心ちゃん！」
遠くで佐野くんの声がする。
だけど、私はそれを無視して必死に走った。
やってくる恋心。
走ったってそれは私の心にあるから、逃げきれるわけがないのに、私は頑張って走って逃げた。

「はぁ……はぁ……」
　やってきたのは屋上だった。
　ぎゅっと手すりをつかんで、目をつぶる。
　彼が好きだ。ぜんぜん嫌いになれてない。
「心ちゃん!!」
　すると、佐野くんが私を追いかけてやってきた。
「大丈夫……？」
　翼くんと会って、すぐ逃げた。
　彼は逃げた理由をわかっているだろう。
「佐野くん……」
　ドキドキと心臓が鳴るのは、走ったからだけじゃない。
　翼くんの顔を見て、忘れかけていた恋心がすべて自分の中に戻ってきてしまった。
「私、戻ってきちゃったよ」
　会いたくないって思ったのに、会えて喜んでいる自分が心のどこかにいる。
　目が合って、声を聞けて、うれしいって思っちゃう自分がいる。
「私……翼くんへの恋心が戻ってきちゃったよ」
　忘れなきゃ。
　その気持ちをあざ笑うかのように、一瞬で戻ってきた。
「どうしてだろう」
　あんなに、頑張ったのに。
　冬休み中。昼間は極力せかせかと動いて、なにもしないでいる時間をなくした。

なにもないと、彼を思い出してしまうから。
　とくに、さみしくなりやすい夜は、楽しいテレビを見て自分を元気づけた。
　できるだけ彼を心に残さないように。
　思い出さないように。
「それなのに……っ」
「心ちゃん！」
　そう考えている私に、佐野くんがストップをかける。
　そして彼は、私の手をぎゅっと握った。
「いいんだよ、ムリしなくて。気持ちなんて、すぐに忘れられるものじゃない」
「佐野く……」
「ゆっくり時間をかけて少しずつ考えなくなれば、それでいいんだから。あんまり自分を追いつめたりするなよ」
　佐野くんは、本当に優しい人だと思う。
　そんな人が王子様だったら、きっと毎日が幸せで、守ってもらえて安心するんだろう。
　それでも好きになることはできない。
　やっぱり恋って残酷なんだ。
　私は深呼吸して気持ちを落ちつかせると、佐野くんと一緒に教室に戻った。
　もう授業は始まっていて、先生に注意をされたけど、私は静かに授業を受けることにした。

　そして、昼休み。

「心、朝大丈夫だった？　星野のこと……」
　理沙ちゃんはお弁当を食べながら、そう聞いてきた。
「あ、うん、佐野くんが来てくれたからなんとか」
「そっか……」
　なんだか本当に申し訳ない気持ちになる。
　朝はよく４人で集まって話したりしたのに、今はもう、バラバラだ。
「ねえ、理沙ちゃん。お願いがあるの……」
「ん？」
「私と、翼くんはもう友達に戻れないけど、理沙ちゃんと翼くんは友達だから、今までどおり仲良く……してほしいな」
　今、ひとりでいる翼くん。
　彼は口べただけど、しっかりとさみしいという感情を持ってる人だから。
　私は救えなかったけど、まわりの人がいるだけで違うと思うから。
「うん、わかったよ。私は私でいる」
「ありがとう」
　私は少しほっとした。
「今日の帰りは、佐野？」
「うん、一緒に帰ろうって言われたの」
　理沙ちゃんには、もう佐野くんに告白されたことを言ってある。
　私の気持ちも知ってる。

「正直、こんな気持ちで一緒にいていいのかなって思うけど、佐野くんといると、少し翼くんのこと忘れられるの。でもね、なんだかさ、私、佐野くんのこと利用してるみたいで嫌なんだ」
　理沙ちゃんはうなずきながら聞いてくれる。
「そのこともぜんぶ、佐野くんに話したの。そしたら、それでいいって……一緒にいられるなら、たくさん利用してほしいって言われた」
「な、アイツがそんなこと……!?」
　優しくて、優しすぎて、どうしてこんなに私を受け入れてくれるんだろうって疑問に思う。
「特別な人ができると、人は変わるのね」
　優しさは、前からずっと変わらない。
　だけど、私を支えようとする力は、前みたいに見守るだけのものとは別物だった。
「いいのかな、こんなんで」
「いいんじゃない？　少なくとも、好きな人が自分に寄りかかってくれることはうれしいことだし。それに……この先、心が立ちなおって、佐野と付き合うって話もなくはないでしょ？」
「うーん……」
　私は頭で考えながら、返事をした。
　佐野くんと付き合うこともあるのかな。
　ダメだ、今はやっぱり考えられないや。
　だって見えたら視界に入れてしまう存在がいるから。

翼くん……。
心の中でつぶやいてしまう存在がいるから。

「心ちゃん、帰ろうぜ!!」
佐野くんの元気な声で、我に返った。
どうやらもう、午後の授業は終わっていたらしい。
ずーっとうわの空で考えごとをしていた私は、授業の内容なんてまったく頭に入っていなかった。
慌てて帰る準備をして教室を出ると、佐野くんはいろんな人に話しかけられていた。
「じゃーな、佐野!」
「バイバイ、佐野くん」
「おう、またな〜」
佐野くんは友達が多い。
廊下をすれ違うたびに、誰かとあいさつを交わし、笑顔を見せる。
きっと人付き合いもうまいんだと思う。
でも翼くんは……。
また彼を思い出す。
そんなんじゃダメだって、私は首をふった。

「心ちゃん、今日は俺のとっておきの場所を紹介しちゃうぞ」
元気にそう言った彼を見て、私も笑った。
「ここで〜す」

学校から歩いて15分。
　山のようなところをのぼり、頂上まで来ると、そこにはオレンジ色に光る夕焼けがあった。
「うわあ!!　キレイ〜」
　キレイな色。光が私の体に入りこんで、なんだか元気が出てくるような気がする。
「素敵だね、私もここ気に入った！」
　久しぶりに、自然と笑顔になったと思う。
　見ているだけで、楽しくて元気が出る。
　そしたら、佐野くんはニコって笑って言った。
「やった、心ちゃんが笑ってくれた」
　夕焼けが反射して、彼まで輝いて見える。
「俺さ、心ちゃんの自然な笑顔が見られるように頑張るから、全力尽くすから。だから、つらい時はすぐに頼ってくれよ」
　まぶしい。
　彼の笑顔はきっと、太陽みたいに明るいから、みんな好きになるんだと思った。
「佐野くんいいね、まぶしいけどいいね！」
「まぶしい？　俺が？」
「うん」
「なんだそれ、よくわからないけど、まぁいいか」
　ずっとみんなと仲のいい佐野くんでいてほしいと思った。
　しかし。

「ねぇ、今日の昼休み、佐野くんどこに行ってたの？」
　翼くんは、ひとりでご飯を食べていた。
　それまで言わなかったけど、彼は私の知りたいことを察したみたいで、ひと言言った。
「ごめん。俺、翼と絶交したから」
　え……。
　あんなに仲のよかったふたりがケンカ？
　それってもしかして……私のせ、い？
　私の行動が自分だけでなく、ほかの人にまで影響するなんて考えもしなかった。
　そう、誰かが変わると、まわりは影響を受けて変わりだす。
　ひとつずれたら、もう同じには戻せない。
「なんで」
「ムリなんだ、もう。アイツと友達でいることはできない」
　ひとつずれた物語は、そのうちどんどん、ずれた方向に進んでいく。
　やがてそれは、結末さえも変えてしまう。
　ガラスのくつは届かない。
　眠り姫は目覚めない。
　物語っていうものは、意外にも簡単に、ずれたほうに進んでいく。

*俺の恋愛観

【佐野渉side】
 ケンカは嫌い。
 みんな仲良くすれば、みんな幸せなんだから、それが一番よくね？
 これが俺、佐野渉の考え方だった。
 だから、誰にだって笑顔であいさつ。
 べつに作ってるわけじゃねぇし？
 人と話すのは好きだし、笑うのも嫌いじゃない。
 女の子から告られても、誰でもオッケー。
 告白されたら、好きになれるかどうか、試しに付き合ってみる。
 だってすぐ断ったらかわいそうだし、特別な存在を作ったら、その子がいろいろ言われるし。
 べつに好きな人もいねぇし。
 だったら、全員受け入れる。
 それが俺のスタイル。
 ってことで、いつの日か定着していた。
 まぁだから、そんな俺の行いで、女子たちの白い目が俺に向いてくるぶんにはべつにいい。
 最低とか言われてビンタもよくされたけど、まぁたしかに俺って最低？　とか思ったし。
 でもある時。

『そんなこと言わないで!!　佐野くんは最低なんかじゃないよ。こんなおおぜいでかこんで暴力をふるうなんてひどいよ』
　そうやって、誰かに自分を大事にされた時、はじめて、自分の気持ちに温かいなにかが入りこんできた。
　それが恋なんだと理解したのは、心ちゃんが悲しんでいる時、俺まで悲しくなったから。
　その恋が加速したのは……。
『心ちゃんには、ほかにいるでしょ？　ほら、渉だっているじゃないっ。アイツなら、顔もいいし、性格だってわるくないでしょ？』
　偶然入ろうとした病室から、こんな言葉が聞こえてきたから。
『彩花ちゃん、そんなふうに言ったら、佐野くんに失礼だよ。佐野くんは素敵な人だよ、アイツでもいいなんて言っちゃダメ』
　その恋がムリだとわかっていても消せなかったのは、いつまでも彼女が悲しい顔をするからだ。
　彼女は人を大事にしすぎる。
　その優しさが、俺の心に残って消えなくて、俺、という存在を変えていく。
『ごめん、俺もう、好きになった子としか付き合わないって決めたんだ』
　今まで誰かを特別に思ったことはなかった。
　今まで……。

『嫌だくらい、言えねぇのかよ!!』
　翼に感情をぶつけたことはなかったのに、人を好きになって、はじめて自分にもそういう感情があるんだと知った。
「心ちゃん」
　そして俺は、今日も彼女にその気持ちを伝えている。
「好きだよ」
　ふたりが別れてから、4カ月がたった。
　時期は4月。
　クラス替えがない俺たちの学校は、進級して2年になってもメンバーは変わらない。
　彼女は翼と別れてから、笑う時、少しさみしげな笑顔を浮かべるようになった。
　前は楽しそうに笑っていたのに、今は微笑(ほほえ)むように笑うんだ。
　それが俺にとってはすごくつらかった。
　時間が解決してくれるなんて言葉は言えねぇな。
「心ちゃん、ムリしてねぇ？」
　毎日の帰宅は俺とする。
　それがいつの間にか、習慣みたいになった。
　たまに、クラスのやつとかにウワサされることはあったけど、俺はそれをにらみつけるだけでなにも言わなかった。
「大丈夫だよ、佐野くん」
　いつも大丈夫って言うくせに、学校で翼と接点があると、彼女は泣きそうな顔をする。

大丈夫じゃないくせに。
　そうやってムリするところは、優しすぎる性格から来ている。
　だから俺にはこうやって、翼のことを考えないようにしてあげることしかできないんだ。
「心ちゃん、見ろよ〜！　虹出てんぞ〜」
「うわぁあ、キレイっ!!　すごいね」
　心ちゃんはキレイなもの、すごいものには目を輝かせる。
　それが見たくって、俺はすげぇものとかの場所を調べては、心ちゃんを連れていく。
「佐野くん、いつもありがとね」
　いつもお礼を言ってくる心ちゃん。
「べつに、俺が好き勝手してるだけだし」
「ウソ。私のこと楽しませようとしてくれる。なんでこんなに尽くしてくれるのかなぁって思っちゃうほどだよ」
　彼女の髪が風にゆれて、香りが流れこんでくる。
　それだけで、一緒にいるんだって思ってドキドキする。
　マジ笑えんだろ？
　俺がこんな乙女チックな感情を持ってるなんて。
　心ちゃんのことを真剣な目で見つめる。
「それは心ちゃんが好きだからだよ。好きなら、なんでもできるんだ」
　前はこんなふうに見ることはなかったのに。
　今はたぶん、こうやって真剣な表情を作ることのほうが多いかもしれない。

「ありがと」
　何度も伝えた好き。
　私も、と返ってくることはないとわかっていても、何度だって伝えたいと思っちゃうんだから、恋ってやつは一種の病気みたいなもんなのかもしれない。
「…………」
　あ、今さみしそうな顔をした。
「どうしたの？」
　俺がそう聞くと、彼女は遠くを見つめながら言った。
「いや……好きになったらなんでもできるなら、翼くんは……私のこと、やっぱり好きじゃなかったのかなって」
　彼女はその言葉を言って、はっとした顔をする。
　──しまった。
　俺もそう思ったが、彼女も口に出してしまったことを後悔したようで、慌ててうつむいた。
「あ、ごめん……」
　時間は気持ちを整理してくれることはない。
　そうだよ、って、翼は心ちゃんのことを好きじゃなかったんだよって言えば、心ちゃんは俺のものになんのかな。
　なんだ、ひどいやつだったんだって、翼のこと嫌いになんのかな。
　そしたら、俺のことも見てくれんの？
「そう……」
　言葉にするのは、思ったより声がふるえた。
「じゃないだろ」

力強くそう言った俺を、心ちゃんは顔を上げて見た。
「好きだったから、なんでも……してあげたかったんじゃねぇかな？」
　俺のバーカ。
　なに敵の味方してんだよ。
　俺にはそんな余裕ないのに。
　つか、今のチャンスだったかもしれねぇのに。
　いつまでも俺は翼にあまい。
　あんなやつ、もう友達じゃねぇんだ。
　気にすんなよ。
　たとえ、アイツがどう思っていようと、関係ねぇんだ。
「そうだと……いいな」
　この日も、彼女は微笑むように笑った。
　さみしげに、遠くを見つめて――。

*逃げてしまおう

　翼くんと別れて５カ月——。
　季節はもう５月になっていた。
　私たちは２年生になったけれど、クラス替えがないから、教室の雰囲気が変わることもない。
　少し、クラス替えがあったらよかったのにって思った。
　だって……今でも彼を目で追ってしまうから。
　目をつぶっていてもわかる。
　授業中、翼くんが音読で指名されると、すぐに心臓がドキドキしてしまう。
　翼くんと別れて、こんなに時間がたったのに、さみしさは、いつまでも心から消えていかない。
　それは、キミが心に残っているのと同じように。
　ずっと、ずっと。
　週のうち、５日も翼くんに会えてしまうこの状況では、考えないようにするのはむずかしい。
　でも、学校生活で翼くんと接点があったのは２回だけ。
　一度は１年生最後の委員会で集まる時。
　その時はお互いに目を合わせることもなく、なにかを話すこともなく終わった。
　なにもなかった、のに、私の心はさらに翼くんのことを考えるようになる。
　いつになったら忘れられるのかな。

接点があると、そのぶん抑えこんでいた気持ちが解放されてしまう。
　隣にいると、好きだと言いたいと思って、ドキドキしてしまう。
　ダメなんだ、本当。
　私、本当にダメなやつなんだ。
　２回目は昨日。
　体調をくずして、体育の時間に倒れてしまった。
　寝不足で倒れこんでしまい、気づけば保健室のベッドの中で寝ていた。
　その時に夢の中で突然、翼くんが私の名前を呼んだ。
　あぁ答えなきゃ、返事しなきゃって目を開けたら、そこには、本当に翼くんがいて。
　おかしいなって思いつつ、寝ぼけながらも手を伸ばすと、彼ははっとした表情を見せて、走って保健室から出ていってしまった。
　翼くん……。
　なんで、ここにいたの？
　その場に残った翼くんの香りを私はないものだと考えて、夢の中の出来事だったんだと言い聞かせた。
「心ちゃんっ」
　目の前でぶんぶんと手をふられて、はっと我に返った。
「また、ぼーっとしてた」
「あ、ごめん……！　つい」
　今は佐野くんと一緒に帰宅中だ。

彼は私がさみしい顔をすると、必ず一緒に帰ろうと言って、私を笑わせてくれる。
　最近はクラスの子に、「佐野くんと付き合ってるの？」って聞かれるほど、彼と一緒にいる時間が長かった。
「ねぇ、そういえば今日……佐野くん」
「ん？」
「告白されてたね、後輩の子に！」
　偶然、教室移動の時に見てしまった告白シーン。
　後輩の女の子は、とてもかわいい子でいい子そうだった。
「なに、心ちゃん！　ヤキモチ!?」
　おちゃらけて、そう言いながらふりむく彼を、私は神妙な様子で見る。
「いや、付き合わないのかなって……」
　最近の佐野くんは、決まって告白を断るらしい。
『ごめん、好きな人がいるんだ』
　それでもいいから、どうしてもって言われても、絶対に付き合わないらしい。
『大事な人だから、自分の気持ちも大事にしたい』
　そう言うんだって……。
「なんだよ〜、少しくらいヤいてくれてもいいよなぁ！」
「だって、私……っ」
　いつ佐野くんの気持ちに、応えられるかわからない。
　言葉をつまらせながら、彼を見る。
「期待もさせてくんねぇの？」
「…………」

佐野くんは優しい目をする。
　気持ちに応えられなくても一緒にいてくれて、こんなにうじうじしている私にも、優しい目を向けてくれる。
「１％でもいい、つか0.05％でもいいよ。俺のこと好きになるかもしれないって気持ちがあるんなら、俺は頑張る」
　まっすぐな気持ちで、毎日伝えられる好き。
　その好きを返してあげられない自分が嫌だった。
　佐野くん……。
　私のせいで、いろんなことが変わっちゃったのに。
　仲良しだった翼くんとだって話さない。
　彼はほかの女の子を見ることがなくなった。
　遊びにも行かないで、いつも私のそばにいてくれる。
「ありがとう……佐野くん」
　精一杯の感謝しか返せない。
　だけど、彼はうれしそうに笑うんだ。
　それからふたりで遠回りをしながら歩いていると、夕焼けが見えてきた。
　もうそんな時間か……。
　そう思って遠くを見つめた瞬間、息をのんだ。
「……っ」
　少し離れた先にいるのは、確実に翼くんと彩花ちゃんだ。
　ふたりは一緒に歩いている。
　嫌だ、嫌だ。
　早く離れなきゃ……！
　そうやって思った時。

——ぐいっ。
　翼くんの襟もとをつかみ、引きよせた彩花ちゃんは、彼にキスをした。
——ズキ。
　そう……か。
　あの時も、クリスマスイブの時も、そうやってキスしたの……？
　抑えていた悲しみは、なにかをきっかけにあふれだす。
　思い出す。
　寒かったこと。
　思い出す。
　それでも来ると信じていたこと。
　だけど、翼くんはもとから来るつもりなんてなかったんだよね……？
　ポタポタと涙が頬を伝って、悲しくなって。
「心、ちゃん」
　佐野くんが私の名前を呼んだ時、私は全速力で逃げだした。
「待ってよ、心ちゃん！」
　もう嫌だ。
　自分のほうを向いてくれないってわかっていながらも、彼のことを考えてしまう自分がもう嫌だ。
　いつかは戻ってきてくれるかもしれないと、あまい考えをしている自分が嫌だ。
　もう嫌なんだよ。

第4章　泣き顔のプリンセス ≫ 251

　翼くんのことを考えたくない……っ。
　もう、恋していた気持ちなんて忘れたいよ。
　ぎゅっ──。
　思いっきり走っていたら、私は佐野くんにうしろから包まれた。
「はえ、って」
　彼は呼吸を整えているけれど、私にはそんな余裕はない。
「も、やっ……だ」
　整わない呼吸のまま、泣き続けることしかできない。
「大丈夫、大丈夫だから」
　ポンポンと、私の背中をさする。
　佐野くんはいつだって優しい。
「俺がいるから……、心ちゃんのこと、ずっと守るから」
　ずっと守る。
　ずっとそばにいてくれる。
　そんな人を求めてた。
　どこにも行かないの。
　いつも私だけを見てる王子様。
「俺にしなよ……っ」
　ふりしぼるように出た声は、私の耳に届いて、心臓がぎゅっと締めつけられる。
「俺なら絶対そばにいるよ？　さみしい思いなんてさせない。ほかのやつ、見たりもしない」
　佐野くんの瞳がまっすぐ私に向いている。
「もう、いいんじゃねぇかな？　翼をあきらめるために俺

を使ってくれても」
　あきらめるため、佐野くんと付き合う……？
「俺はぜんぜんそれでいい」
　たくさん泣いた。
　いっぱい傷ついた。
　だったらもう、いいじゃんか。
　もう終わったんだ。
　翼くんのこと、考える必要はない。
　私は、佐野くんの背中にすがりつくように手を回した。
　彼はもう、私を見てくれない。
　だったら、もういい。もう、流れてしまう。
　楽なほうへ、自分を好きだと言ってくれる人のほうへ。
「心ちゃん、好きだよ」
　彼に応えるように、ぎゅっと、抱きつく。
　そして……。
　身をゆだねてしまおうと思った時、私はグッと押し返した。
「佐野くん、ごめん……私、やっぱり翼くんが好きだ……」
　彼を一度抱きしめた時、翼くんとの思い出がいっきに蘇(よみがえ)ってきた。
『俺の心臓の音、すっげぇバクバク言ってんだけど』
　恥ずかしそうに顔を赤くするところ。
『これ、ほしいんだけど』
　私の気持ちを察して、ストラップをほしいと言ってくれたこと。

第4章　泣き顔のプリンセス

『あのさ……、俺のことちょっと話してもいい？』

自分のことを話すのが苦手な翼くんが、自ら話してくれたこと。

『俺の……、その、お姫様？はお前だけだから……』

恥ずかしいはずなのに、その言葉を口にしてくれたこと。

ぜんぶ、ぜんぶ思い出してしまった。

私が翼くんを好きだった気持ち。

そして、今も抱えるその気持ちは、なにをしても、絶対にごまかせない。

佐野くんに応えようと、身をゆだねてみたけれど、やっぱり浮かびあがってきたのは、翼くんの顔。

私、ダメなんだ。

きっと、なにをしても翼くんを忘れることなんてできないの……。

忘れようとしたって、必ずなにかをきっかけに思い出す。

どんなに翼くんを避けるようにしたって、私の心の中から絶対に消えてはくれなくて、どんなに嫌いになろうとしたところで、なにかをきっかけに私の胸がドキッと音をたてる。

自分の気持ちから逃げたって、なにも変わらない。

私はちっとも変わらないんだ。

だったらもう、逃げない。

逃げたってなにも意味がないのなら、もう逃げないでいく。

「ムリでいい、ふりむいてくれなくていい。私は私の気持

ちを大切にする」
　自分の気持ちまでも曲げてしまったら、もうそれは自分ではなくなってしまうから。
　それだけは、大事にしてあげたいと思う。
「そっか……それじゃあ、仕方ねぇな」
　すると、佐野くんは私からぱっと離れた。
　私が翼くんをあきらめないと口にしたら、今の関係も変わっていく。
「もう言わない。心ちゃんのこと、好きだって、もう言わないよ」
　そう、この日の告白はいつもとは違う。
　佐野くんの真剣な告白をしっかりと断ったということは、もう彼とは一緒にいられないということ。
　佐野くん、今まであまえていてごめん。
　ずっと翼くんのことを好きでいたのに、はっきり答えが出ないまま、支えてくれてありがとう。
「ごめんなさい……」
　佐野くんにそう伝えた時、彼は言った。
「友達として、そばにいさせてほしい」
「え？」
「支えたい、友達としてそばにいたい」
「でも、私は翼くんのことが……」
「そうだよ、だから友達として。気持ちが変わらない、大事にしたいなら、今度は俺も応援する。だから、そばにいさせてほしい」

力強い目は、何度見ても慣れることはない。
　優しい彼になにも返せない自分を、こうして受け入れてくれる。
　ねぇ、佐野くん。
　私、ありがとう以上の言葉をどうやって返したらいいのか、わからないよ。
「帰ろう……」
「うん」
　なにも変わることがなかった関係性に、私は安心しながら心に誓った。
　もう、迷わない。
　もう、流れたりなんかしない。

*なにかが変わる文化祭

　翼くんと別れて半年がたった。
　時期は6月。
　今日は文化祭の日だ。
　決心をしたあの日から、翼くんとはなにもない。
　ただ私は彼のことが好きで、たとえ片思いでも、この気持ちにウソをつかないようにと決心した。
　私の気持ちは、しっかりと固まっている。
　その恋が本当の恋だと思うなら、私はずっとそれを持っている。
　たとえムリだとわかっていても、無理やりつぶすことはしたくないから。
　文化祭の準備は彼も少し手伝っていたけれど、同じ時間になると、電話を取って抜けてしまう。
　きっと彩花ちゃんのところに行くんだなって思って、またさみしくなった。
　佐野くんは相変わらず。
「心ちゃん」
　笑顔で私の名前を呼んでくれて、そばにいてくれる。
　ただ、変わったのは、もう好きだと言わなくなったこと。
「どした？」
「ううん」
　ありがとう……佐野くん。

私たちの出し物は装飾だから、準備だけ頑張れば、当日はぜんぶ遊べるようになっている。
　だから、今日は１日フリーなんだけど……。
「じゃあごめんね、心」
「ううん、楽しんできてね！」
　案(あん)の定(じょう)、理沙ちゃんは彼氏の周ちゃんとまわるらしい。
　私も……付き合っていたら、翼くんとまわれていたのかな。
「ひとりぼっちのお姫様、発見～」
　すると、さっきまで女子に呼ばれて違うところに行っていた佐野くんが帰ってきた。
「一緒にまわってあげましょうか？　お姫様」
　ちょっとイジワルに笑っていうから、私は口をとがらせて言った。
「いいよ。だって佐野くん、さっきの一緒にまわろうっていうお誘いでしょ？」
　女子の雰囲気を見てれば、なんとなくわかるよね。
「でも、断ったし」
「なんで!?」
「だって、お姫様をひとりぼっちにさせちゃダメだろ？」
　また佐野くん、私のこと気づかって……。
「いいんだよ、佐野くん。私のこと気づかったりしないで」
「俺が一緒にいてぇの」
　ニッコリ笑う彼を見て、私も笑った。
「ありがとう」

今日は文化祭なんだから、暗い顔するのはやめよう。
　たくさん、笑おう。
「よっしゃー！　お姫様、どこに行きます」
「なんか食べよう！　いっぱい食べたいのあるんだ」
「ぷはっ、色気ねぇの」
「うるさいな〜」
　今日だけはたくさん笑って、それで日頃の感謝をするんだ。
　それから私たちは屋台に行って、いろんなものを食べた。
　たこ焼きとか、焼きそばとか、ワッフルとか。
「なんかけっこうお腹いっぱいになるね〜！」
「そうだな、そうしたら次、どこ行くかな？」
　──ピンポンパンポン。
　彼と次行く場所を決めている時、放送が鳴った。
『これから、中央ホールでお楽しみイベントを開催します』
　お楽しみイベント？
「なにやるんだろうね？」
　私が佐野くんに問いかけると、彼は耳をすませながら放送を聞いた。
『興味のある方は中央ホールに集まってください』
「内容は秘密みたいだな。行ってみる？」
「うん、おもしろそうだしね！」
　私たちはその放送を聞いて、中央ホールまで行った。
「うわぁ、すごい人」
「やべぇなこれ、ステージ見えないんじゃね？」

放送で興味を持った人たちが、どっと集まってきたようだ。
　ふたりでなんとか見えるところに移動しようとしていると、また放送が流れた。
「さぁ、みなさん、これからお楽しみイベントを始めますよ〜。一番手は主催者チームの一員、近藤(こんどう)くんです。ではどうぞ！」
　司会の人が近藤くんをステージに立たせ、マイクを持たせる。
　これからなにが起こるんだろうと不思議に思っていたら、彼は大きな声で叫びはじめた。
「１年３組吉井明日香(よしいあすか)さん！　もしいたら、ステージの上に来てください」
　ざわざわとまわりが騒ぐなか、彼女が恥ずかしそうに、ステージに上がっていく。
　これって……もしかして。
「吉井明日香さん、あなたのことが好きです。もしよければ、俺と付き合ってください！」
　やっぱり……！　公開告白だ。
　素敵だな〜〜、こういうのいいなぁ。
「はい……」
　彼女が顔を赤くして返事をする。
　うらやましいなあ。
　文化祭って、こういうのも楽しみのひとつだもんね。
「見事に成功！　近藤くん、吉井さんカップル誕生です」

まわりから歓声(かんせい)がわきあがり、拍手が起こる。
　私はそれを笑顔で見ていた。
「次から参加したい人は、このステージの横に並んでください」
　司会の言葉に、何人かが移動していく。
　みんな勇気あるなぁ。
　私だったら、こんなこと絶対できない。
　すると、佐野くんは言った。
「残念だな、俺もやりたかったわ」
「えっ!?」
　私が驚いて佐野くんの顔を見ると、彼はにやりと笑う。
「いや、やんねぇけどさ。こういうのいいなって」
「うん、とっても楽しそうだね！」
　人の幸せは、見ているだけで私まで幸せになれる。
「ごめんなさい」
　たとえ結果がダメだったとしても、その勇気を見ているだけで、頑張ろうと思わせてくれるから。
　いくつかのカップルが誕生し、何人かは玉砕(ぎょくさい)に終わった。
　また、ところどころでおふざけが入ったり、イベントはとても楽しいものになった。
　すると、次の番になって司会者は言った。
「次のチャレンジャーは１年生の横井(よこい)さん。告白する相手は、なんと学園の王子です〜〜。さて、この会場にいるんでしょうか。星野くん、星野翼くん、いましたらステージに上がってください」

ドクン。
　翼くん……。
　私の顔はさっとくもる。
　そりゃ、翼くんのことが好きな人がいるに決まってる。学園の王子と呼ばれているんだから。
　私と別れたとウワサが広まり、彼に告白する人は増えた。
　この場にいないでほしい。
　そう願えば願うほど、それとは逆のことが起きる。
「星野くん、さっき屋台で見たって」
「あ、あれじゃない？」
「おっとー！　星野くん発見です。こちらまで誰か連れてきてください」
　女の子たちが、嫌がる翼くんを無理やりステージに連れていく。
　すると、横井さんと呼ばれる人は顔を赤く染めながらマイクを持った。
「星野翼くん。あなたのことが好きです……もしよければ、私と付き合ってください」
　彼女の言葉を聞いた瞬間、私は翼くんに告白した時を思い出した。
　1回目はつい口走ってしまって、2回目は準備をしたのに沈黙に焦ってしまい、ぽろっと出てしまった。
　こんなふうに目を見てしっかりと言える形どおりの告白ではなかったけれど、彼には伝わったんだなぁって。
　思い出してしまった。

心臓がドキドキする。
　私が告白しているわけではないのに、彼の顔を見るといつも緊張してしまって、でも心臓は温かく音をたてるの。
　嫌だよ、翼くん。
　うんって言わないで。
　私にはそんな権利ないとわかっているのに、心の中ではそうやって願ってしまうんだ。
　彼が遠い。
　手を伸ばしても届かない距離にいる彼を遠く感じる。
　前はすぐそばにいたのに。
　今は手を伸ばしても届かない。
「心ちゃん？」
　こんなんだったら、別れなきゃよかったんだ。
　きっとずっと、好きで好きで仕方ない気持ちから離れることなんてできないのに、自分から手を離してしまうなんて、私は本当にバカだ。
　彼のこと、嫌いになれるはずなんてないのに。
　だったら、そばにいてくれるだけでも幸せだった。
　欲張っちゃってごめんなさい。
　心の中でそう言った瞬間、彼の声が聞こえた。
「ごめんなさい」
　その言葉に、私はほっとする。
　なんて性格がわるくなったんだろう。
　こんな自分が嫌だから、翼くんから逃げたのに……。
　すると、翼くんは真剣な表情で言った。

「好きな人がいます」
　——ドキン。
　聞かないほうがいい。
　きっと彩花ちゃんのことだ。
　早く、早くここを立ちさらなくちゃ。
　そう思った時、佐野くんが言った。
「心ちゃん、大丈夫？　向こう行く？」
　佐野くんの言葉にうなずいて、反対側に向かおうとした時、翼くんの声は私の耳に流れこんできた。
「幸せにしてあげることはできなかったんですが、今でもその人のことが好きです。ごめんなさい」
　立ち止まる、私の足。
　ドキ、ドキと自分の心臓の音だけが聞こえる。
「心ちゃん……」
　そして、佐野くんにそう声をかけられた時、私は我に返った。
　なに、期待なんてしてるんだ。
　そんなの自分に都合よく、とらえてるだけだ。
　もう半年もたってる。
　あれは私じゃなくて、ほかの人のことだ。
「佐野くん、こっち行こう」
　私は佐野くんと人があまりいないところに向かった。
　イベント会場から少し離れた広場。
　そこにはぜんぜん人がいなかった。
「人、ぜんぜんいないね。やっぱりみんなイベント見てる

んだね」
「…………」
「ここのほうが静かで落ちつく。向こうはざわざわしてちょっとね」
「…………」
　私は一生懸命佐野くんに話しかけているのに、彼はひと言も返してくれなかった。
「ねぇ、佐野く……」
「心ちゃん」
　泣きそうな顔。
　だけれど、真剣な瞳。
　その表情は、いつも大事なことをいう時に見せるものだった。
　彼の表情に、言葉を飲みこむ。
　すると、佐野くんは言った。
「翼のところ、行ってこいよ……」
　とても弱々しくて、悲しそうな声だった。
「なに、言ってるの？」
　声が少しふるえたのがわかる。
「気づいたろ？　さっきの、心ちゃんのこと言ってるんだって」
　優しく落ちついた声だけれど、私はそれに焦っていた。
「違うよ！　私のことじゃないんだよ。だってもう半年もたってるんだから。翼くんは、もう私のことどうも思ってないんだよ」

認めてしまったら、また傷つくんじゃないかと思ってる自分がいる。
　傷つくのがこわくって、でも彼が好きで、近づきたいのに、近づきたくない、という矛盾した感情がいつも私を支配する。
　だから別れたあと、ひと言も話さなかった。
　彼がいそうなところは避けて通った。
　好きなくせに。
　心にずっと残ってるくせに。
「逃げてんだろ」
「…………」
　私はいっつも、彼から逃げていた。
「アイツもアイツで、いろんなものから逃げてるけど、心ちゃんだって逃げてんだろ。向き合うのがこわいから、自分から離れていったんだ」
　いつも優しい佐野くんの表情が、今日はない。
　少し厳しくて強めの口調だった。
「佐野くん……」
　でも、私は知ってる。
　彼はとことん優しい人だってことを。
「ごめんね……」
　ずっと、その彼にあまえていた。
　いつもそばにいて支えてくれるから、言わないことも察してくれるから、あまえていた。
「こんなこと、言わせてごめんね」

気づかない時、教えてくれる優しさ。
　これ以上に優しいものって、きっと存在しない。
「行きなよ」
「うん……」
　いつも支えてくれる人がいる。
　見守ってくれる人がいる。
　そうでなければ気づけない。
　背中を押してくれる存在がいなければ、前に進めない。
「私、行ってくる」
　だって、人は弱いから。
　一生ひとりで生きていくことなんてできないから。
　だからこそ、誰かと支えあって生きていく。
　だけどまた、弱くなってしまうから、また誰かが励ましてくれて強くなる。
　恋っていうのは、本当はすっごく簡単なものなんだ。
　あのイベントのように、好きか、嫌いかのどっちかしかないんだ。
　ドキドキする、彼のことを考える。
　だけど、彼は一番に私のことを見てくれないから離れる。
　違う。そんなのは違う。
　好きだから、彼のそばにいたいから一緒にいるんだ。
　もう一度受け入れてもらえるかわからないけれど、もう逃げるのはやめよう。
　好きなくせに、彼のことを避けるのはやめよう。
　私の気持ちは、彼に恋した時から決まってる。

それは本当に本当に簡単な答えだった。
 ずっと、ずっと、星野翼くんが好き。
 たったそれだけ。
 それに気づくまで、遠回りしたり、違う道に行こうとしてしまったけど。
 もう逃げたりしないよ。
 翼くんに会いたい。
 私がステージに走りだすと、佐野くんは大きく私を呼びとめた。
「心ちゃん」
 足を止める。
 すると。
「好きだよ、心ちゃん」
 背中から、いつもの佐野くんの声がした。
 だから私もふり返って、大きな声で言ったんだ。
「私も好きだよ、佐野くん」
 思いっきり走ってステージに向かうと、佐野くんは明るい声で言った。
「バーカ、俺のとちげぇよ」

*それは物語のように

　がむしゃらに走った。
　1秒でも早く翼くんに会いたくて、さっきのステージに向かう。
　すると、もうそこには翼くんはいなかった。
　こんな人混みで、彼を見つけるのは不可能だ。
　それだったらもう、これしかない。
「すいません、エントリーさせてください」
　私は、イベントの司会の人に慌ててそう言った。
「はい、松山心さんですね、じゃあステージの上にどうぞ」
　もうイベントが終わろうとしていた時だったため、私が最後だった。
「これで最後の人になります。さぁ松山心さん、あなたが思いを伝えたい人は誰ですか？」
「星野翼くんです……」
　緊張する。
　もともと、人前で話すのは得意ではないのに、こんな大胆なこと、勢いでしてしまうなんて。
　やっぱり恋って、すごい感情だ。
「おっと、また星野くんか。いますかー？　星野くん」
　まわりは、ざわざわとざわつきはじめる。
　しかし、数分たっても彼は出てこなかった。
　もういないかもしれない。

そう思った時。
「星野くん、見つかったよ〜」
　委員の人が彼を引っぱり、ここまでやってきた。
　ステージに上がってくる彼の顔は、髪でかくれていてわからなかった。
「さぁ、松山さん思いをどうぞ」
　向き合った。
　目が合った。
　久しぶりにしっかりと見た翼くん。
　逃げていたんだな。
　視界に入っているのに、無理やりそれを見なかったことにしようとして、逃げていたんだ。
「…………」
　感情がこみあげる。
　彼がこんなに近くにいるって実感して、涙がこぼれそうになった。
「おっと、どうしたんでしょうか。緊張して話せなくなってしまったか？」
　翼くん、翼くん。
　私の心は今、翼くんでいっぱいだ。
「す、き……っ」
　こんなにたくさんの感情であふれているのに、出てきた言葉は、マイクが拾えるか拾えないかわからないほどに小さい声だ。
「す、きなんです……」

涙をこらえながら、小さな声で伝える最大限の気持ちに、会場は静かになった。
　はじめての恋。
　恋ってこんなにもきゅんとして、明るくて、楽しいものなんだって知った。
　恋をすると、自分では止められない勢いがついて、気持ちを伝えてしまうこともあるんだと知った。
　恋はその人を思うキレイな感情だ。
　でも反対に、その人を思うがゆえ、一番に見てほしいと欲張ってしまう、黒い感情だってある。
　だけど、それもぜんぶ、ぜんぶ、ひっくるめて、"恋"なんだと知った。
　私の涙が頬を伝って流れた時。
「ごめん……」
　翼くんは口を開いた。
「幸せにしてやれなくてごめん。あの時、追いかけてやれなくてごめん。お前のこと、好きだって言わなかったら、こんなに傷つけてなかったのにって、後悔した。でも俺は……今でもそれをお前に伝えたいって思ってる。本当ごめん、勝手で中途半端でごめん。俺も、お前が……すきだ」
　あぁ、そうだ。
　彼はキレイに涙を流す人だった。
　一度見たのは、彼が私のお弁当を食べた時。
　きっとお母さんを思い出して泣いたんだと思う。
　彼にゆっくり手を伸ばす。

あぁ、触れた。
触れられた。
やっと、また近づけたんだね。
　流れこむ感情はすべて涙に変わり、私の視界をぼやけさせた。
「好きだ」
「私もだよ……」
　お互い涙を流して告白する私たちに、会場から拍手がわきおこった。
「心、なにかを守るのに、失う覚悟がなきゃダメだよな」
「え……？」
　それはマイクには拾われない声の大きさだった。
「弱かったんだ。なにも失いたくないから、けっきょくなにも守れなかった」
　翼くんは、ぎゅっと私の手を握る。
「もう一度、チャンスをください」
　彼はそう言って、真剣に私を見た。
　翼くんは言う。
　自分は弱かったと。
　なにかを守る時、失う覚悟ができていないと、人は守れないと。
　それは、ずっと幸せでは気づけない話。
　なにかがなければわからない話。
「はい……」
　私は返事をして彼を見た。

もう一度、もう一度ふたりで愛を伝えたい。
　それは物語のように簡単ではないけれど、物語のようにふたりで進んでいくことはできるから——。

*新たな一歩

　もう一度、翼くんと付き合えるようになったその日。
　翼くんは、彩花ちゃんにケジメをつけにいきたいと言った。
　すごく不安だったけど、私はこくっとうなずいて、ふたりで彩花ちゃんの病院へ行くことにした。翼くんだけ中に入っていき、私は彩花ちゃんのいる病院の前で待っていた。
　待っている間は、また来てくれないかもしれないってこわくなることもあった。
　だけど、絶対大丈夫。
　翼くんはきちんとケジメをつけて、きてくれるはずだ。
　手を合わせて、祈るように彼を待っていると、中から翼くんが出てきた。
　翼くん……っ！
　しかし、そのすぐうしろには彩花ちゃんもいた。
　ドク、ドク、ドク。
　心臓が速く鳴って、不安がよぎる。
　やっぱり彩花ちゃんとってなったりしないよね……。
　ぎゅっと目をつぶると、彩花ちゃんは私に言った。
「ごめんなさい……」
「えっ」
「今、翼から話をされたの」
　彩花ちゃんはうつむいて言う。

「ずっと翼が好きだったの。誰にも渡したくなかった」
　彩花ちゃんは泣くのを我慢しているようだった。
「この前キスしたのだって、あなたが見えたから、わざとした。そしたら、あきらめるだろうって……」
　彩花ちゃんの手がふるえている。
　誰かを好きになるまっすぐな気持ちが、痛いくらいわかる。
　恋はキレイな感情だけじゃないから。
　好きな人を取られたくなくて、まっ黒な感情を出したりもする。
　私もそうだった。
「でも、翼に言われたの。なにがあっても、どんなことがあっても、これから先、心ちゃんしか愛せないんだって……」
　翼くん……。
「今まで翼は、ずっと私のそばにいてくれた。でも、心がここになくって、なにをしても、私のことを見てくれないのは悲しいことなんだってわかったの。今まで、ズルいことをしていて、ごめんなさい」
　彩花ちゃんは頭を下げる。
　真剣に謝っている様子が伝わってきた。
「顔、上げて、彩花ちゃん」
　彩花ちゃんは謝る必要なんてない。
　ただ人を純粋に好きになっただけ。
　悲しいけど、好きになればなるほど、ズルくて暗い感情が見えてくる。

第4章 泣き顔のプリンセス

　好きの感情は、キレイなものだけでは成り立たない。
「謝る必要なんてないよ。彩花ちゃんはなにもわるいことしてないから」
「心ちゃん……」
　彩花ちゃんの手を取っていう。
「これからも仲良くしてね」
　すると、彼女は涙を流した。
　誰だって、一番に見てもらいたい。
　誰だって、自分だけを見てもらいたいと思う。
　それが恋だ。
　私は何度も涙を流したけれど、もう大丈夫。

　そして翌日——。
　ステージで公開告白した私たちのウワサは、すぐに広まった。
　それは理沙ちゃんにも伝わり、彼女は涙を流して喜んでくれた。
　そう、もちろん佐野くんも。
　佐野くんには文化祭の次の日に、ポンっと頭をたたかれた。
「よかったな」
　彼は耳もとでそう言って笑うから、私は少し切なくなった。
　まだぜんぶ、終わってない。
　お互いに話すことがなくなってしまったふたりの距離を

見て、ぎゅっと拳を握る。
「翼くん……佐野くんと」
「あぁ、もう半年も口聞いてねぇ。こんなのはじめてだな。今日話しにいくよ、アイツんとこ」
「うん」
　力強いまなざしを見て、私は少しほっとした。
　仲直りしてほしい。
　だって、お互いを大切にしてる存在だってわかるから。
「じゃあ、行ってくる！」
「うん」
　ずれてしまった時計の針を直しに彼は、立ちあがった。

*男っていうのは

【星野翼side】

　俺は渉を探しに外に出た。

　学校が終わり、すぐに出ていった渉は、いつもどこかで寄り道をして帰る。

　今日もきっとどこかにいると思った俺は、あらゆるところを探した。

　20分くらい探していた時。

　——いた。

　道沿いにある芝生の公園に渉は寝そべっていた。

　近づいていくけど、話すのは半年ぶりで、どうやって話しかけていいのか、わからなかった。

　男っていうのは、仲直りの仕方を知らない。

　女子みたいに、ごめんねって言って、いいよって言って仲直りするのとは違うんだ。

　俺は渉の隣に同じように寝そべった。

「…………」

「…………」

　お互いになにも話さない。

　ただ、この空間が懐かしいと思った。

　小さい頃もよく、こうしていろんなとこで寝そべったよな。

「なぁ、どうしたら親友に戻ってくれる」

最初に話を切りだしたのは俺だった。
　心は俺たちのことを、ただの友達じゃないと言った。
　たぶん、ただの親友でもないんだと思う。
「ムリ、お前とは絶交したし」
　ふたりして、空だけを見てお互いの顔は見ない。
　それは少し話しやすい環境だったりする。
「俺さ、やっぱり失うのがこわかったんだ……」
「おい、話聞くなんて言ってねぇぞ」
　渉は雲を見ながら、そう言った。
「なにかがなくなるのって、すっげぇこえーの。だからさ、守ってやれなかった。弱かったから、人を守ることができなかった」
「おい、聞いてんのかお前」
　だけど、俺は渉の言葉を無視して話し続ける。
「でも今は、ちゃんとわかったよ。渉の言葉で気づかされた」
「だから、聞かねぇって言ってんだろ」
　渉は聞かないと言いながら、この場を離れることはなかった。
　ずっと前、ケンカした時もそうだったよな。
　渉はいつも俺の前を歩いていて、俺より一歩大人で、こうして仲直りの道を作ってくれる。
　それは、さりげなく。
　お前はいつも俺のそばにいて、つらい時は声をかけてくれたんだ。
　大丈夫か、とか、元気だせよ、とかじゃなくて。

『よし、翼、遊びにいくぞ』

　って。

　いつも俺の進む道を作ってくれた。

　お前がいなきゃ、小学校も中学も高校も楽しめる気がしないし、きっと笑うこともないんだろう。

　そして、心と仲良くなることもなかっただろう。

　小さい頃から一緒にいる。

　お互いのことをぜんぶ知ってるからこそ、思ってても言わなかったことがある。

「そりゃ、心も俺にとって大事だけど……」

　だって恥ずいし、なんかこういうのだっせぇし。

　できることなら言いたくねぇ。

　でも……。

「俺、お前のことも好きなんだよ」

　この気持ちは、いつか一度は伝えとくべきだと思う。

「気持ちわりぃこと、言ってんじゃねぇよ」

「お前とは、ずっと親友でいてぇんだよ……っ」

　誰かを守るためには、なにかを失う覚悟をしないといけないと知った。

　だけど、それと同時に、大切な存在は絶対に失いたくないんだという気持ちが生まれた。

　だからこそ、人は守ろうとする。

　だからこそ、人は強くなる。

　渉は俺にとって、特別な親友だ。

　ただの友達じゃない、特別な親友。

「…………」
　渉はついに口を閉じた。
　そこからは、お互い話すことがなくて、無言の時が流れた。
　しばらくそうしていた時、渉は突然言った。
「心ちゃんさ、俺のこと好きなんだってよ。この前言われたし、文化祭の時に」
「…………」
　俺は黙って、渉の言葉を聞いていた。
「じゃあ、彼氏になるのも俺でよくね？　って思ったんだけど、それはお前じゃないとダメなんだって」
　心のことも、たくさん傷つけた。
　もう絶対に傷つけてはいけないと思う。
「なんかさ、強いよな、心ちゃんって。あんなにたくさん泣いてんのに、俺のこと押し返すんだもん。流されてくんねぇの。絶対俺といるほうが幸せだろって思ったんだけどな。俺は心ちゃんの王子様になってやれなかった」
「…………」
　少しの沈黙に、風が吹く。
　俺たちの間をひゅっと通っていく。
「すっげぇ悔しいよ。めっちゃムカついた。でもさ、俺、気づいたんだ。ずっとお前に嫉妬してたんだなって。俺にないものを持ってる、かっけぇな、ズリィなって。そう思ってた。いっつもお前が、俺の目指す目標だったからこそ、お前の行いにムカついた」

俺ははじめて渉のほうを見た。
　すると渉は、ひとり言をつぶやくかのように言った。
「だけどまぁ、敵わねぇよなー。俺の目指すやつが、ライバルだったら」
　遠くを見る先には、悲しみとか、そんな感情があるんだろうか。
「まぁ、お前そんなにカッコよくねぇけど」
「うっせ」
　だけど、そう言って笑いあう。
　それがひどく懐かしく感じた。
　男っていうのは、仲直りの仕方を知らない。
　だけどそのぶん、ただ普通に話して、いつの間にか仲直りしてるものなんだ。
「帰んぞ、翼」
「あぁ」
　たとえ、殴り合いのケンカをしても、半年口をきいていなくても、気づけば、元どおりに戻ってる。
　俺たちは昔からそんな関係だった――。

*中途半端な気持ちは捨てて

　誰かが変わると、まわりは影響を受けて変わりだす。
　ひとつずれたら、もう同じには戻せない。
　ひとつずれた物語は、どんどんずれた方向に進んでいく。
　やがて、それは結末さえも変えてしまう。
　けれど。
『行ってこいよ』
　誰かの言葉で、人は変われる。
『お前とは、ずっと親友でいてぇんだよ』
　誰かの言葉で、心に変化を起こすことができる。
『帰んぞ、翼』
　誰かの言葉で、人は新しい道を進みはじめる。
　元には戻せなくても、こうしてまたみんな、笑うことはできるんだ。

「おい、翼昨日のサッカー見たか？」
「おう」
「マジすげぇよな!!　あのプレー感動だわ」
　佐野くんと翼くんが無事仲直りして、私たちの止まっていた時間が戻ってきたみたいだった。
「男ってホントわかんないわねぇ。いったいどうやって仲直りしたのよ？」
　理沙ちゃんが佐野くんにそう聞くと、佐野くんは翼くん

を指さしながら答えた。
「うーん、コイツが俺のこと好きって告白してきたから、まぁ許してやっか、みたいな」
「おい、変なところだけ切りとって説明してんじゃねぇよ」
　佐野くんの言葉に、すかさず反論する翼くん。
「だって、本当じゃんかよ」
「本当じゃねぇよ」
「心ちゃん、翼が照れてるからなんとかして」
　ふふっ。
　ふたりの会話を見ていると、自然と笑みがこぼれてきた。
　仲直りしたんだなって、また前みたいに笑えるんだなって幸せな気持ちになった。
「今日お前ら一緒に帰んだろ？　いいよなあ、復活してラブラブすんだろ。本当ムカつく」
　私と翼くんは、お互いに目を合わせて微笑む。
　今日は一緒に帰る。
　楽しみだな。

　そして放課後。
「心、帰ろう」
「うん！」
　久しぶりにふたりきり。
　ちゃんと話せるかな、緊張しないかな。
　私たちは手をつないで校舎を出た。
「ねぇねぇ、どこいく？　翼くん」

「行きたいとこ、あんだけどいい？」
「うん」
　行きたいところ？
　どこだろう。
　翼くんから言うことはあまりなかったから、少し不思議に思ってついていくと、ついた場所は駅前の大きな広場だった。
「ここ……」
　半年前、今私たちの立っている目の前には、クリスマスツリーが立っていた。
　寒くて悲しいクリスマス。
　今でも、はっきりと覚えてる。
　私が不安げに翼くんを見た時、彼は言った。
「やり直させてほしい」
　え……っ。
「ツリーもない、寒くもない。ムードもないけど、やり直させてほしいんだ……」
　あの日のことを思い出す。
　寒くて、悲しくて、絶対に来ると言い聞かせていたけれど、彼は来なかった。
「あの日、行かなくてごめん。約束破ってごめん」
　必死に謝る彼の手を強く握る。
　あの時は、寒かった。
　悲しかった。
　だけど今は、翼くんがここにいる。

寒くもないし、苦しくもない。
　大好きな人がすぐ目の前にいる、幸せな時。
　もう、前とは違うから。
「もう１回デートしよっか、翼くん」
　私が笑顔でそう言うと、翼くんは笑った。
「ありがとう」
　それから私たちは、あの日見てまわるはずだったツリーがある場所を散歩して、ショッピングモールを見て、少しオシャレなレストランでご飯を食べた。
「えへへ、楽しかったな……っ」
　辺りはすっかり暗くなっているけれど、ショッピングモールの明かりが外を照らしていた。
「キレイ……っ」
　こんな、明かりを見るだけでも涙が出てくる。
　どうしてだろう。
「心」
　ぎゅっ。
　あぁ、わかった。幸せだからだ。
　翼くんがいる。
　それだけで、幸せを感じることができるから。
　見つめあい、ぎゅっと目をつぶり、彼にキスをねだったら、翼くんは小さな声で言った。
「ごめん、心。俺、彩香とキスした」
　知ってるよ。
　クリスマスの時、それを知ったのも悲しかったけど、直

接見してしまったことも、とても悲しかった。
「お前といられないなら、もうなにもかもどうでもよかった。毎日さ、魂抜けたみたいな状態で過ごしてさ。キレイなもの見ても、楽しいことしようとしても、なにも思わないんだ。だけど今日、お前といて、たくさんの感情が戻ってきた。楽しいとか、キレイだとか、もうお前を離したくないだとか……生きてるんだなって思ったよ」

　彼は優しい顔をする。
　愛おしそうな表情を浮かべて、見つめてくるその視線は、必ず私だけに向いていた。
　あの時からずっと、それは変わらない。
「愛されてたことに気づけなかったのは、私にも弱さがあったからだよ」
　不安で不安で仕方なかったあの時。
　私に強さがあったなら、きっと別れようなんて言わなかった。
　信じられていたら、こうはならなかった。
「だから、お互い様」
　もう今は信じられる。
　それなら、それでいい。
　ぎゅっと、お互いに抱きしめて、温もりを確かめあって、ばっ、と顔を上げたら、彼は言った。
「照れんな、これ」
　そして、ふっと笑顔になったんだ。
　そう、その顔が好きだった。

彼の笑顔はなんだか無邪気で、見ていると、私まで幸せになるの。
　私が彼を見ていると、翼くんは言う。
「俺さ、クリスマスイブの日にお前にネックレス買ったんだ。もう泣かせないって誓いをこめたネックレスだった」
　彼がポケットから取りだしたのは、キラリとダイヤが光っているネックレスだった。
　素敵なネックレス。
「でもさ、こんな中途半端な誓いじゃダメなんだ」
「えっ……」
　彼はぎゅっと手でネックレスを握りしめると、それを噴水のあるところに投げいれた。
　──ポチャン。
「なにして……っ！」
「中途半端だったんだよ。そんな気持ちで、お前にネックレスを買ったところで守れっこない。だからさ……心」
　真剣な目をして、低い声で私の名前を呼んだかと思ったら、彼は私の前にひざまずいた。
「俺がちゃんとお前のこと守れるようになったら、今度は指輪をもらってください」
　私の指を持ちあげて、左手の薬指にキスをおとす。
　その瞬間、ぶわっ、と感情がこみあげてきた。
　うれしくて、幸せに満たされて、心が翼くんでうめつくされる。
　そして、私は……。

「……うぅ」
　ひと筋の涙をこぼす。
　ポロリとこぼれた涙が、頬を伝って地面に落ちた時。
「泣き顔のプリンセス」
　翼くんはポツリとつぶやいた。
「え？」
「渉が言ってた。お前は泣き顔のプリンセスだって」
　プリンセスは必ず笑う。
　それはとてもキレイに、美しく。
　でも……私は泣いてばっかりだった。
　翼くんに恋して、好きってうまく言えなくて泣いて、彼と両想いになって、そのうれしさで泣く。
　彼には守るべき大切な存在がいて、悲しくて涙をこぼす。
　翼くんに別れを告げて、でもまだ気になって、そんな気持ちが切なくて泣く。
　そして、今、幸せに満たされて泣くんだ。
　涙には、たくさんの意味がある。
　ひとつではないあらゆる感情によって、涙が生まれ、あふれていく。
　人は苦しい時、笑わない。
　けれど、人は幸せすぎて泣くんだ。
　だったら、泣き顔のプリンセスだっていい。
「はい、待ってます……」
　私は、私らしく、泣き顔のプリンセスでいいじゃないか。
「翼くん……」

「心」
　見つめあってキスをする。
「ん……っ」
　誓いのキスは、約束のキスだった——。

*エピローグ

　キミが大好きだから、一番に見てほしい。
　キミの目に留まりたいから、主役でありたいと思う。
　その欲張りな気持ちも含(ふく)めて、恋という。
　恋すれば、つらいこと、悲しいことも、たくさんあるけれど、そういう時は思いっきり泣いたっていい。
　だって私は、泣き顔のプリンセスだから——。

END

特別書き下ろし番外編

【佐野渉side】
「翼くん、昨日の夜、電話中に寝てた？」
「わるい、お前の声聞いてたら眠くなった」
「もう……っ」

　心ちゃんと翼がよりを戻してから３カ月。

　すっかり元の関係に戻ったふたり。

　なんだかここまで、ラブラブなところを見せられるのはシャクだけど、好き同士のふたりがくっついてくれてよかったとも思う。

　不思議だな。

　自分の恋が叶わなかったのに、こう思えるのは、心ちゃんと翼だったからだ。

　ふたりとも好きだから、幸せになってほしいと思う。

　はぁーあ。

　でも俺も幸せになりてぇな……なんて思っていると。

「佐野先輩……」

　俺は突然、教室のドアから呼びだされた。

　ドアにいるのは、後輩らしき女の子３人組。その中でまん中の子だけが、恥ずかしそうにうつむいている。

　はいはい、なるほどな。

「へぇ、佐野、本当モテるのね」

　理沙ちんがうしろで言った。

　なにを言われるのかは、この表情を見ていればだいたいわかる。

　俺が立ちあがると、３人は手をヒラヒラふって、俺を送

りだした。
「あの……っ、屋上に来てもらってもいいですか？」
　そうやって切りだしたのは、やっぱりまん中の子だった。
「うん」
　呼びだすのは３人だけど、屋上まで行くのはひとり。
　きっと呼びだす勇気が出せなかったんだろう、なんて考えると、やっぱり女の子はかわいいと思う。
　顔を赤くして、うつむいて。
　なにも話さずに屋上につくと、彼女は一呼吸おいてから、小さな声で言った。
「佐野先輩が好きなんです……付き合ってください……」
　うつむいていた女の子が、顔を上げる。
　目はクリクリで、俗に言うモテる女の子だった。
　小さな声で、勇気を出して告白してくれた女の子が、かわいく見えないわけがない。
　今誰とも付き合っていないなら、付き合ってみるのが一番いい。
　そう思っていた。
　前までは——。
「ごめんなさい」
　俺はていねいに断る。
「でも、あの……っ、お試しとかでもいいんで……」
「ごめんな、俺もう、そういうのやめたんだ」
　昔はいつもお試しだった。
　お試しはずっと、お試し。

本気になることはない。
　自分がしっかり好きになった人と付き合いたい。
　そう思えるようになったのは、ひとりの女の子を好きになれたから。
　それがたとえ叶わないものだったとしても、俺はもう適当に生きていきたくない。
「わかってます……ウワサでは聞いてるんですけど……でも本当に好きなんです。2番目でもいいから……付き合ってください」
　2番目か……。
　どこかで聞いたセリフだな。
　俺はその子の頭をポンとたたくと、優しく言った。
「2番目でもいいなんて、言っちゃダメだよ。もっと自分のこと大事にしな」
　2番目でいい。見てくれなくてもいい。
　その子のことを好きであれば、好きであるほどそう思ってしまうけれど、好きな人の気持ちが自分にないというのは、とても虚しいことだって身をもって知った。
　だから……。
「ごめんな」
　俺は断って、屋上をあとにした。
　俺にもいつか、俺だけを見てくれる人ができるといいな。
　2番目じゃなくて1番目。
　それはずっと変わらない。今のアイツらのように――。

「佐野くん、お帰り」
　心ちゃんが言う。
「どうだったのよ、佐野」
　理沙ちゃんの言葉に、俺はピースしながら言った。
「ちゃーんと断りました！」
「もったいな～～」
「だって俺、まだ心ちゃん狙ってるし」
　翼を見ながらそう言うと、アイツはちょっと焦って言う。
「と、取るなよ」
「翼～、そんな弱気じゃ、取る前に心ちゃんから見放されちゃうよ？」
　ぐっ、と眉をしかめて心ちゃんを見つめる翼。
「見放しちゃうかも」
「えっ」
　心ちゃんのポツリと言った言葉に、俺と理沙ちんは爆笑した。
「ぷ、だってよ、翼」
「……頑張るし」
　最近心ちゃんは、翼よりも強い感じが見ていておもしろい。
　しかも、翼もだいぶ感情表現が豊かになってきたように感じる。
　まぁ、心ちゃんをこんな笑顔にできるのも、翼だけだしな。
　そんなことを考えていると、心ちゃんは言った。

「そういえばさ、佐野くん明日空いてる？」
「明日？　空いてるけど……」
　明日は土曜日。とくに予定はなかった。
「じゃあ、明日の１時に翼くんの家に集合で」
「翼の家？」
　めずらしいな。
　俺が行くのも、久しぶりな気がする。
「了解〜」
　俺は返事をして、次の日を待った。

　そして土曜日——。
　俺は、翼の家の前に来ていた。
　そういや、今日なにするかぜんぜん聞かされてねぇわ。
　インターホンを押すと、カギは開いてるから入ってこいと翼に言われる。
　俺がドアノブをひねって中に入っていくと、リビングで翼と心ちゃんと理沙ちんが待っていた。
「あれ、みんなお揃いで？」
「うん」
　すると。
「渉、久しぶり」
　そこには彩花の姿もあった。
「彩花もいるのか？」
「なによ、いいでしょ来たって！　心ちゃんが呼んでくれたの」

「へぇ〜」
　本当に、心ちゃんはお人好(ひとよ)しだな。
　あれ、でもなんでこんなに、みんな揃っちゃってんの？
　めずらしくね？
　俺が考えこんでいると、大きな声で心ちゃんは言った。
「佐野くん」
「「「「お誕生日おめでとう‼」」」」
　パン、パン、パンと、クラッカーの音が鳴る。
　俺の前では、みんなが拍手してくれていて、俺はビックリして、ぽっかり口を開けた。
「え……っと、俺？」
「なによ、自分の誕生日も忘れちゃったの？」
　理沙ちんが言う。
　そっか……そっか……。
　そういや今日、俺の誕生日だったわ。
　そんなこと、すっかり忘れてた。
「佐野くんの誕生日、みんなでお祝いしたいなって思ったの」
「心ちゃん……俺、誕生日言ってないのに」
「翼くんが教えてくれたの」
　翼……。
「それに、大切な人の誕生日だもん！　みんなでお祝いしたいじゃん」
　心ちゃんが言うと、みんなが笑ってうなずく。
「……っ」

今まで人との付き合いは、広く浅くだった俺。

深くかかわらないぶん、傷つくことも少ないけれど、俺のことを大切な存在として見てくれる人もいなかった。

友達多いよね、とか、すぐ人と仲良くなれるよね、とか言われる。

それはうれしいことだけど。

今まで、俺がいなくてはいけない場所や、俺にしか話せない悩みごとは存在しなかった。

「なんか、やべ……っ」

「えっ、佐野くん、泣いてるの？」

カッコわるいよな。ダサいよな。

こんなことで泣いちまうなんて。

それでもやっぱり……。

「うれし……っ、い」

人はきっと、誰かに必要とされたいと思う。

誰かの代わりじゃなくて、誰でもいい中のひとりじゃなくて、かけがえのない存在であれたらいいと思う。

「ありがとな……本当……」

誰かの悲しみをわかちあうこと。

誰かの喜びを共有できること。

それって素晴らしいことなんだと知った。

「ご飯たくさん用意したから、食べよう」

「あぁ」

優しさに触れ、温かさに触れ、自分の心が育っていく。

いつか恋もそうなるといいなと思った。

いくらだって出会いはある。
　まだ見えない誰かと、つながっているかもしれない。
　だから。
　もし、そんな相手ができた時、俺はちゃんとその子の王子様になってあげないとな。
「心、お前、手切ってる」
「あれ……本当だ。でも、これくらいならすぐ直るよ」
「ダメ。手当てするから来て」
　今のアイツらのように——。

　俺の誕生日会が終わり、手にたくさんのプレゼントを持って家に帰る。
　その時、誰かにぶつかって荷物を落としてしまった。
　——ドン。
「あ、ごめんなさい」
　ドキン。
　透き通った目をしたキレイな女の子だった。
「すみません」
「はい、これ……」
　落としたプレゼントを拾ってくれた彼女。
「あれ、もしかして佐野くん？」
　出会いは突然、おとぎ話のようにやってくる。

　　　　　　　　　　　　END

あとがき

こんにちは。cheeeryです。
この度はたくさんの書籍の中から『どんなに涙があふれても、この恋を忘れられなくて』を手にとってくださってありがとうございます。

今回の作品は、「両片想い」をテーマに書いていきました。両想いのはずなのにどこか片想いみたいな恋のお話はいかがでしたでしょうか？

この作品では、切なさを際立たせたいと思い、ブルーレーベルであることを意識して書きました。切なさと、小さなきゅんが積み重なっていくように、丁寧に書いたつもりです。

「誰かを守るには、なにかを犠牲にしなくてはならない」という強いメッセージを込めました。

限られた時間の中で生きている私たちにとって、ぜんぶ欲しいからぜんぶ取る！というのは難しいことなんじゃないかなと思います。もちろん個人的な意見ですが。

この作品を読んで、切ない気持ちになったり、共感していただける方がいたら、とても嬉しいです。

そしてもうひとつ、この作品の中で書いておきたいのは「佐野くん」の存在です。佐野くんは俗に言うサブキャラ

ですが、今回佐野くんにはかなり力を入れて、大切に書きました。私は、たいていサブキャラを書く時、どこかかっこわるいところをつくり、「やっぱり主人公にはなれないなー」と思わせるようにしているのですが、佐野くんだけは、そういうところを作らないようにしました。

　佐野くんの存在があるからこそ、心と翼の恋の切なさが表現されて、また幸せを実感できるんじゃないかなと思います。

　サイトで公開した際には、「佐野くん派」が多くなり、少し戸惑いましたが（笑）。そのぶん、彼の幸せを最後まで見たいという意見が多かったので、今回書籍限定版で「佐野渉side」のお話を追加しました。楽しんでいただけたら幸いです。

　そして、この作品を書籍にして頂けたのは、作品を読んでくださった方やコメントを送ってくださった方、私を応援してくださった人がいたからです。本当にありがとうございます。

　最後になりましたが、私の作品を読んでくださった読者の皆様、担当の長井さんをはじめ、この本に携わってくださったスターツ出版の皆さん。そして、今これを読んでくださっているあなた。

　本当に、本当にありがとうございました。

cheeery

この物語はフィクションです。
実在の人物、団体等とは一切関係がありません。

cheeery先生への
ファンレターのあて先

〒104-0031
東京都中央区京橋1-3-1
八重洲口大栄ビル7F

スターツ出版（株）書籍編集部 気付

cheeery先生

どんなに涙があふれても、この恋を忘れられなくて
2016年10月25日　初版第1刷発行

著　者	cheeery
	©cheeery 2016
発行人	松島滋
デザイン	カバー　平林亜紀（micro fish）
	フォーマット　黒門ビリー&フラミンゴスタジオ
DTP	朝日メディアインターナショナル株式会社
編　集	長井泉　加門紀子
発行所	スターツ出版株式会社
	〒104-0031 東京都中央区京橋1-3-1　八重洲口大栄ビル7F
	TEL　販売部03-6202-0386（ご注文等に関するお問い合わせ）
	http://starts-pub.jp/
印刷所	共同印刷株式会社
	Printed in Japan

乱丁・落丁などの不良品はお取替えいたします。上記販売部までお問い合わせください。
本書を無断で複写することは、著作権法により禁じられています。
定価はカバーに記載されています。

ISBN 978-4-8137-0162-0　C0193

ケータイ小説文庫　2016年10月発売

『キミと初恋、はじめます。』 琴織ゆき・著

高1の詩姫は転校早々、学園の王子様・翔空に「彼女にならない？」と言われる。今まで親の都合で転校を繰り返してきた詩姫は、いつまた離れることになるかわからない、と悩みながらも好きになってしまい…！マイペースでギャップのある王子様に超胸きゅん！　ちょっぴり切ない甘々ラブ♥

ISBN978-4-8137-0161-3
定価：本体 590 円＋税

ピンクレーベル

『闇に咲く華』 新井夕花・著

高1の姫乃は暴走族『DEEP GOLD』の元姫。突然信じていた仲間に裏切られ、楽しかった日々は幻想だったと知る。心を閉ざした姫乃は転校先で、影のある不思議な男・白玖に出会う。孤独に生きると決めたはずなのに、いつしか彼に惹かれていく。でも彼にはある秘密が隠されていた…。

ISBN978-4-8137-0160-6
定価：本体 560 円＋税

ピンクレーベル

『キミがいなくなるその日まで』 永良サチ・著

心臓病を抱える高2のマイは、生きることを諦め後ろ向きな日々を送っていた。そんな中、病院で同じ病気のシンに出会う。真っ直ぐで優しい彼と接するうち、いつしかマイも明るさをとり戻していくが…彼の余命はあとわずかだった。マイは彼のため命がけのある行動に出る…。号泣の感動作！

ISBN978-4-8137-0163-7
定価：本体 550 円＋税

ブルーレーベル

『かくれんぼ、しよ？』 白星ナガレ・著

「鬼が住む」と噂される夕霧山で、1人の女子高生が行方不明になった。ユウイチは幼なじみのマコトとミクと女子生徒を探しに夕霧山へ行くが、3人が迷い込んだのは「地図から消えた村」で、そこで彼らを待ち受けていたのは、人を食べる鬼だった…。ユウイチたちは、夕霧山から脱出できるのか!?

ISBN978-4-8137-0164-4
定価：本体 570 円＋税

ブラックレーベル

書店店頭にご希望の本がない場合は、
書店にてご注文いただけます。